新潮文庫

くちぶえ番長

重松　清著

新潮社版

8214

くちぶえ番長　目次

挿画　塚本やすし

くちぶえ番長

プロローグ

「ネコをさがしています」という貼《は》り紙を、きみは町かどで見かけたことはないだろうか。飼っていたネコが、なにかの拍子《ひょうし》で家に帰ってこなくなったとき、飼い主が心配して、悲しんで、無事であることを祈りながら書いた貼り紙だ。

ぼくは散歩の途中でそれを見つけるたびに、胸がきゅっと締《し》めつけられてしまう。

貼り紙が真新しければ、ご近所をさがしまわるパパやママや子どもたちの姿が目に浮かぶ。かわいそうだな。早く会えるといいのにな。

でも、胸の痛みは、古い貼り紙を目にしたときのほうが深い。何日も、何週間も、何カ月も、電柱や掲示板《けいじばん》に貼ってあるやつだ。ネコはまだわが家に帰ってこないんだろうか。飼い主の家族はもう半分あきらめているんだろうか。

そばにいた誰《だれ》かと離ればなれになって、二度と会えないまま――というのは、ほんとうに寂《さび》しくて、悲しい。

ぼくにも、そんな相手がいる。

子どもの頃《ころ》に別れたきり、おじさんになったいまも会えないでいる。

ネコじゃない。人間だ。小学四年生のときの同級生だ。名前はマコトという。ちょっと男の子っぽい名前だけど、正真正銘《しょうしんしょうめい》の女の子。その証拠に――ぼくは「オトナになったらマコトとケッコンしてもいいかな」と思っていたんだから。

マコトは、ある日とつぜん、ぼくたちの町にあらわれて、ちょうど一年後にまた姿を消してしまった。それっきり、いまどこに住んでいるのかもわからない。

あれから三十年以上の年月が流れた。

ぼくは別の女のひととケッコンして、子どもができて、しばらくマコトのことは忘れていた。それはそうだ。おじさんの生活というのは、けっこう忙《いそが》しいんだから。

ところが、この春、ふるさとの家で物置を整理していたら、子どもの頃のガラクタを入れた箱が見つかった。なにが入ってるんだっけ、とドキドキしながら箱を開けてみたら、「うひゃあっ！」と声をあげてでんぐり返ってしまった。

箱の中には、『ひみつノート』が入っていた。

小学四年生のときのノートだ。友だちにも両親にも先生にも見せないから「ひみつ」——それを表紙にわざわざ書くところが、われながらちょっと、ばかだな。

胸をもっとドキドキさせて、ノートを開いた。

なつかしい子ども時代の字で書いてあったのは、小学四年生の一年間の物語だった。そうだ、小学四年生というのは、ぼくが初めて将来の夢を考えた年だった。本が好きだから作家になりたいと思っていた。だから、作家になるための特訓のつもりで、おもしろいできごとや忘れたくないできごとがあると、このノートに小説みたいに書きつけていたんだ。

いやぁ、まいったなあ、恥《は》ずかしいなあ、なんて一人で照れながら、ページをめくった。

春、夏、秋、冬。一学期、二学期、三学期。春休み、夏休み、冬休み。家で起きたこと、教室で起きたこと、町で起きたこと。うれしかったこと、ムカついたこと、悲しかったこと。できごとはさまざまでも、そこには必ずマコトがいた。笑ったり、怒ったり、涙ぐんだり、走ったり、泳いだり、くちぶえを吹いたりしていた。

マコトにもう一度会いたいなあ、と思った。

『ひみつノート』を読んでいるときも、ノートを閉じてからも、何日たっても、その思いは消えなかった。それどころか、どんどんマコトのことがなつかしくなって、どんどん会いたくなってきて……でも、マコトがいまどこにいるのかわからないから、ぼくは決めたんだ。

貼り紙を出そう。

もちろん、ご近所に貼るわけじゃない。

おじさんになったぼくは、子どもの頃の夢をかなえて、いまは作家だ。ウソみたいだけど、ほんとうの話だ。

だから、マコトをさがす貼り紙は、一冊の本になる。きみがいま手にとってくれた、この本のことだよ。

『ひみつノート』に書いていたお話を、ちゃんと言葉の意味が通るように、ちょっとだけ手直しした。たくさん直してしまうと、あの頃のマコトやぼくが、どこかに消えてしまいそうな気がする。

読んでみてくれないか。

そして、マコトをさがすのをいっしょに手伝ってくれないか。

おカネやモノでお礼はできないけど、いまはおばさんになっているはずのマコトは、きみが訪ねたら、きっと歓迎《かんげい》してくれるはずだから。

きみのことをとても気に入ってくれたら、くちぶえの吹き方も教えてくれるかもしれない。

マコトは、ほんとうにくちぶえのじょうずな女の子だったんだから——。

アイス

第1話 チョンマゲの転校生

まずは——あいつがぼくの前に姿をあらわす直前の話から。

カッコつけて、じらすつもりはないけど、『ゴジラ』だって物語の最初からドーンと登場するわけじゃない。あっさり顔を出すのはただの脇役《わきやく》で、主役はたっぷり時間をかけて、じわじわ、じわじわ、じわじわ……と登場する。

あいつもそうだった。

ゴジラみたいに——なんて言うと、あいつ、絶対に怒ると思うけど。

あいつのウワサを初めて聞いたのは、三日前の夜だった。

会社から帰ってきたパパが、「ツヨシの学校に転入生が来るかもしれないぞ」と、ぼくに言った。

最初は信じなかった。「はいはいはい、そーですか」なんて、笑ってごはんを食べていた。

だって、そうだろ？　学校の話をパパが知ってるのっておかしいし、となり町にあるオモチャ会社で新商品の開発をしているパパは、自分では「研究者なんだ、科学者なんだぞ」といばってるけど、「いまタイムマシンをつくってるからな」「子ども用のロケットができたら、ツヨシがパイロット第一号だぞ」って、ガキっぽいウソばかりついてる。

だから、あいつの話もただのジョーダンだと思ってた。春休みでたいくつしてるぼくを盛り上げるため……って、もうちょっと面白《おもしろ》い話、してくれなきゃ。

「あ、ツヨシ、信じてないな」

「うん」

「ほんとなんだよ、ほんと。パパの古ーい友だちの子どもなんだ。いままで東京にいたんだけど、四月からお母さんと二人で引っ越してくるんだ」

あれ——？

「お母さんと二人で」ってことは、お父さんは……。

ぼくの疑問《ぎもん》を見抜《みぬ》いたパパは、ちょっとさびしそうな顔になって言った。

「その子のお父さん、病気で亡《な》くなったんだ、もうだいぶ前に。ヒロカズっていって、いいヤツだったんだけどなあ」

メガネの奥の目が、ほんのりと赤くなった。パパはおとなのくせに泣き虫で、NHKの大河ドラマの最終回では、必ず泣いてしまう。

「男の子なの？　その子」とママがきくと、パパは首をかしげて、「それがよくわかんないんだ」と言った。

パパも、ヒロカズさんの子どものことは、〈赤ちゃんが生まれました〉という昔の年賀状でしか知らないらしい。

「息子か娘かも書いてなかったんだから、まいっちゃうよ。でも、ツヨシと同い年なんだなって思ったのはおぼえてるから」

ってことは、ぼくと同級生――四月から四年生になる。

「名前は？」と、ぼくはきいた。

「マコトっていったかな」

「じゃあ男の子でしょ」とママは言って、ぼくを振《ふ》り向いた。

「ツヨシ、マコトくんと仲良くしてあげなさいね」

言われなくても、そうする。転入生をむかえるのは小学校に入ってから初めてのことだし、四年生に進級するときはクラス替《が》えがないから正直つまんなかったし、たぶんぼくは一学期のクラス委員になると思うし、それに、やっぱり……転入生って、面白そうだし。

次にあいつのウワサを聞いたのは、二日前、つまり、おとといのことだ。

サッカーの練習にやってきた同級生のタッチが、「おい、すげーよ！　すげーの見ちゃったよ！」と言った。

熊野《くまの》神社の境内《けいだい》のカシの木に登ってる子どもがいたらしい。しかも、下から数えて七番めの、六年生でも登れる子はほとんどいない高い枝に立って、町を気持ちよさそうに眺《なが》めていた、という。

見かけない顔だった。

体はそれほど大きくなかったから、ぼくたちと同い年ぐらい。

マコトくん――かも。

「どんなヤツだったの?」とみんながきくと、タッチは頭のてっぺんの髪《かみ》の毛をつまんだ。

「チョンマゲみたいになってた、ここのところが」

「はあーっ?」

「ほんとだよ、ほんと。髪の長さはふつうなんだけど、ここのところだけ、チョンマゲみたいに結んでたんだ」

マコトくんって……サムライなんだろうか……。


三度めのウワサは、昨日《きのう》、きいた。教えてくれたのは、クラスでいちばん体の大きなジャンボだった。

何日か前にお母さんと一緒《いっしょ》に商店街に買い物に行ったら、見かけない顔の子が一輪車に乗っていたんだという。

「なんか、一軒《けん》一軒お店をチェックするみたいにきょろきょろしてたんだけど、すっごくうまいんだよ、一輪車こぐのが」

サーカスみたいだった。サーッと走ってピタッと止まり、クルッとターンして、バックするときにも体はちっとも揺《ゆ》れないし、本屋さんの店先で立ち読みをするときにも足を一度も地面につかなかったらしい。

「オレ、すげーって思って見てたら、向こうもこっち見て……」

ジャンボと目が合うと、その子は、ふふっ、と笑った。

「男子？　女子？」

ジャンボは「うーん……」と首をかしげた。

男子にしては女子っぽいし、女子にしては男子っぽい。

「なんだよそれ、わけわかんないじゃん」

「オレもわかんねーんだよ」

腕《うで》っぷしは強いけど意外とニブいところのあるジャンボだから、しょうがないか。

ただひとつ、ジャンボはその子の特徴《とくちょう》をおぼえていた。

「頭のてっぺんで、髪をチョンマゲみたいに結んでたんだ」

四つめのウワサは、今日——ぼくが直接見たから、ウワサじゃないけど。

「ツヨシ、ワンを散歩に連れていってよ」

夕方、ゲームをしてたらママに言われた。ワンというのは、わが家の愛犬で、もう十三歳になるおじいちゃんだ。犬は「ワン！」と鳴くから、名前も「ワン」――パパのセンスって、いまいち、よくわかんないんだよね。

「明日から学校でしょ、散歩に連れてく時間もなくなるんだから、今日ぐらい行きなさい」

「じゃあ、帰りに『当たり屋』でクジ引いてきていい？」

「自分のおこづかいでね」

「……ちぇっ、ケチ」

「なんか言った？」

「なんでもないでーす、行ってきまーすっ」

ダッシュで家を出て、鎖《くさり》でつないだワンを連れて『当たり屋』に向かった。

『当たり屋』は、パパが子どもの頃《ころ》から通っていたという学校の近所の駄菓子《だがし》屋さんだ。狭《せま》い店の中に、お菓子やオモチャがぎっしり並んでいる。

ワンの鎖をガードレールにつないで、「今日こそクジで一等を当てるぞ！」と張り切って『当たり屋』に入ろうとしたら――。

　ぎょっ、と足がすくんだ。

　店の裏の空き地に、六年生がいる。三人組だ。同級生の中では小さくなってるくせに、下級生にはいばりまくるトリオ――ぼくたちはガムガム団って呼んでる。ガムが靴《くつ》の裏に貼《は》りついたらなかなか取れないように、しつこく下級生をいじめるから、ガムガム。サイテーの三人組だ。

　ガムガム団は、二年生の男子を取り囲んで、クジで当てた景品を「貸してくれよー、すぐ返すからよー」とせびっていた。

　二年生の子は半べそをかきながらも景品を胸に抱きしめて、絶対に渡《わた》さない、とがんばっている。でも、それ、まずいよ。ガムガム団はすぐにパンチとキックを出して、無理やり奪《うば》っちゃうんだから。しかも、「落ちてるのを拾ったんだ」「これがおまえのだっていう証拠あるのかよ」「名前書いてるのかよ」って、絶対に返してくれないんだから。

　ヤバいなあ……。

「助けてあげなくちゃ」――心の半分で、思った。

「早く逃げないとオレまでガムガム団にいじめられちゃうぞ」——でも、心の残り半分は、そうつぶやいている。

ガムガム団も二年生の子も、まだぼくに気づいていない。いまなら、そーっと逃げれば、だいじょうぶ……。

一歩あとずさった。

そのとき——ぼくの後ろから、強い風が吹いてきた。

「え?」とおどろく間もなく後ろからあらわれたのは、一輪車に乗った子だった。

猛スピードで一輪車を漕《こ》いで、空き地と道路の境目のブロックを一輪車に乗ったままジャンプで乗り越えて……頭のてっぺんでチョンマゲが揺れていた。

マコトくんだ。ウワサのマコトくんが、いきなりあらわれた。

「なにやってんのよ! あんたたち!」

すさまじい勢いで向かってくる一輪車に、ガムガム団はあわてふためいた。

「うわわわっ」「危ないっ」「ひえええええーっ」

急ブレーキ——そして、スピンをかけるようにターン。

ぎりぎりのところでガムガム団をかわした。すごいテクニックだ。一輪車には自転車と違《ちが》ってブレーキはついていないのに、ペダルの逆漕ぎだけで、ここまでピタッと止まれるなんて。

「明日から何年生になるの？　あんたたち」

「……六年生、です」

「バッカじゃないの、下級生いじめて。今度見つけたら、本気でやっちゃうからね！」

ペダルを踏《ふ》み込《こ》んで一輪車をグッと前に出すと、ガムガム団の三人は「すみません！」「助けて！」「ごめんなさい！」と叫《さけ》びながら逃げ出してしまった。

その背中に「あっかんべえ」をして、二年生の子に「もうだいじょうぶだからね」と笑ったマコトくんは、気持ちよさそうにヒュウッとくちぶえを吹いた。

そして、ゆっくりと一輪車を漕いでぼくの前まで来ると、そっけなく一言――。

「あんた、いま、逃げようとしたでしょ。情けなーい」

そのまま走り去ってしまったマコトくんを、ぼくはボーゼンとして見送るだけだった。

勇気のなさを見抜かれた恥《は》ずかしさだけじゃない。

とにかくおどろいて、口をぽかんと開けるしかなかった。

女の子の声だ。女の子のしゃべり方だ。

「マコト」って……女の子の名前だったの……?


次の日。

四年一組の黒板に、マコトの名前が漢字で書かれた。

『川村真琴』

同じ学年どころか、みごとに同級生になってしまったわけだ。

ぼくはうつむいて、マコトと目を合わせられなかった。勇気のないカッコ悪さを女子に知られたなんて、ほんとにカッコ悪くて、自分でも情けなくて……。

「はい、じゃあ川村さん、自己紹介してちょうだい」

クラス担任の中山先生に声をかけられたマコトは、ピンクのリボンで結んだチヨンマゲを揺らして、教壇《きょうだん》の真ん中に立った。

「川村真琴です。わたしの夢は、この学校の番長になることです」

は――？

番長、って――？

教室がざわめいた。ぼくも思わず顔を上げると、マコトと目が合ってしまった。

マコトは、「ふーん、あんたも同級生なの」というふうに笑ってうなずいて、一言付け加えた。

「弱い者いじめを見過ごして逃げるような子は、大っ嫌《きら》いです！」

それが、ぼくとマコトの出会いだった。

窓のカギは
かけましょう

第2話　おツボネさま

夕食のとき、マコトの「番長宣言」を伝えると、パパは飲んでいたビールをブフッとふき出して、「ばっ、番長だってぇ?」と目を丸くした。

ママもびっくりした顔になって、「だって女の子なんでしょう?」と言った。おどろいただけじゃなくて、ちょっと怒った言い方だった。

でも、パパは「元気があっていいじゃないか」と笑う。マコトが番長を目指していることが、うれしい――のかな。

「ねえツヨシ、マコトちゃんって、そんなに乱暴なの?」

「っていうか……弱い者いじめが大嫌いなんだって」

ぼくの言葉に、パパは「よし、そうだ。いい番長は『弱きを助け、強きをくじく』なんだよ」と満足そうに言って、ママも少しだけマコトを見直したみたいに、ふうん、とうなずいた。

「他にどんなこと言ってた？　なんでもいいから教えてくれよ」

パパは身を乗り出してきいてきた。マコトをすっかり気に入ったみたいだ。

「……弱い者いじめを見過ごすのは、もっと嫌い……なんだって」

自然とうつむいて、声も沈《しず》んでしまった。

「そりゃそうだ、いいこと言うなあ、さすが番長だ」

上機嫌《じょうきげん》に笑うパパも、「そうよねえ、見て見ぬふりをするのって一番悪いのよね」と言うママも、気づいていない。

弱い者いじめを見過ごしたサイテーのヤツがぼくだったってこと、きっと両親は夢にも思っていないんだろうな……。


マコトの「番長宣言」は、学校でも大きな話題になった。四年一組はもちろん、休み時間のたびに他のクラスのやつらが教室にやってきて、「川村マコトってどんなやつ？」「チョンマゲしてるってほんと？」とマコトを探す。

でも、当のマコトは、休み時間になると必ず教室の外に出て行ってしまう。いつも一人だ。どこに行っているのか、誰《だれ》も知らない。

教室にいたくないんだろうか。もしかして、四年一組のこと、嫌いなんだろうか。自分のまわりにビミョーに冷たい空気が流れていること、感づいているのかもしれない。

新学期が始まって一週間、ふつうなら転校生を興味しんしんに取り囲んでおしゃべりするはずの女子が、ほとんどマコトに近寄らない。マコトとしゃべったコは、決まって、そのあと教室の後ろや廊下《ろうか》に呼び出される。

「ちょっとさー、あの転校生、生意気っぽくない?」――クラスの女子を仕切っている坪根《つぼね》玲夏《れいか》が言ったせいだ。「おツボネさま」というあだ名どおり、あいつは性格がキツい。勉強やスポーツはよくできるし、顔もけっこうかわいいけど、とにかく負けず嫌いで、意地悪で、ワガママで、いつも自分が主役じゃないと気がすまなくて、女子だけじゃなくて男子もびくびくしている。

そんなおツボネさまを、マコトは怒らせてしまったわけだ。

「番長になるなんて、いばってるよねー、ムカつくよねー、あんたもそう思うでしょ?」

おツボネさまにそう言われると、おとなしいコはなにも言い返せなくなってしまう。黙《だま》ってうなずくと、「はい、じゃあ決まりね、あんたも『マコト嫌い同盟』だからね。裏切ったら、あんたもマコトの仲間になっちゃうからね」……。

そういうのよくないよ、と思う。クラス委員として、おツボネさまに一言注意しなくちゃ。

頭ではわかっている。でも、それがなかなか言えない。屁理屈《へりくつ》の得意なおツボネさまは、どうせ「好き嫌いは自由でしょ!」と言い返してくるだろうし、逆恨《さかうら》みされて『ツヨシ嫌い同盟』をつくられるのって……やっぱり、怖いし。

学級会の始まる前に、クラス担任の中山先生が言った。
「最近、昼休みに屋上に上ってるひとがいるようです」

三階建の校舎の屋上は、立ち入り禁止だ。ドアにも鍵《かぎ》が掛《か》かっていて、ぼくはまだ入学以来一度も上ったことがない。

先生は「学校の近所のひとから職員室に電話がかかってきました」とつづけた。

二階の窓からたまたま校舎を眺《なが》めたら、人影《ひとかげ》が見えたのだという。一人で、フェンスにもたれかかっていたらしい。

「まあ、見間違いだと思うけど、とにかく屋上は立ち入り禁止だからね、勝手に上っちゃだめよ」

教室は急にざわついた。

「だって屋上、鍵がかかってるだろ？」「上りたくても上れないじゃん」「幽霊なんじゃないの？」「うそーっ」「ひえぇえーっ、怖えーっ」……。

先生はあわててみんなを静かにさせて、「はい、じゃあ、学級会始めてくださーい」と黒板の脇《わき》の椅子《いす》に座った。

教壇《きょうだん》に立つのは、クラス委員二人――ぼくと、女子の委員の加藤佐智子《さちこ》さん。じゃんけんをして勝った加藤さんが書記を選び、ぼくは司会になった。

今日の議題は、来月の社会科見学の係を決めること。

しおり係、カメラ係、見学先にクラス代表でお礼状を出す手紙係、バスに酔ったコを介抱《かいほう》する保健係、昼食のあとの遊びを決めるレクリエーション係……話し合いは順調に進んで、係は残り一つになった。

バスの中で歌やゲームの司会をするマイク係――男子はお笑い芸人志望のタッチであっさり決まった。あとは、女子だ。

「誰か、立候補か推薦《すいせん》、いませんか?」とぼくは言った。

するとおツボネさまが、待ってました、というふうに手を挙げて言った。

「わたしは、高野さんがいいと思いまーす」


教室は、しんと静まり返った。

高野知香《ちか》さんは、クラスの女子で一番おとなしいコで、マイクを持って司会をするなんて絶対に不向きだ。さっきの国語の時間だって、本読みの声が小さくて、おツボネさまたちに「聞こえませーん」とイヤミを言われて、泣きそうになっていた。

でも、おツボネさまは自信たっぷりに言った。

「高野さんはおとなしいから、逆に勇気を持って司会とかやってみないと、だめだと思いまーす」

そこが、おツボネさまのズルいところだ。「勇気」なんて言葉を出されたら、誰も——先生でさえ、文句を言えなくなってしまう。

高野さんは下を向いたまま、顔を真っ赤《まっか》にしていた。

悲しいだろうな。悔《くや》しいだろうな。高野さんの気持ちを想像すると、こっちまで泣きたくなる。でも、「反対意見ないから、決まりじゃん」と笑うおツボネさまに、ぼくはなにも言えない。

だいじょうぶだよ、と自分に言い聞かせた。タッチとコンビなら、あいつがぜんぶしゃべってくれるから、高野さん、なにもしなくていいんだから……。

高野さんから目をそらして、ぼくは言った。

「じゃあ、女子のマイク係は……」

そのときだった。

教室が、不意にざわついた。

手を挙げているコが、一人。

マコトだった。

「マイク係、わたし、やるから」

にらむような視線でぼくを見つめて、きっぱりと言った。

そして、マコトは同じ目をおツボネさまに向けて、つづけた。

「推薦《すいせん》より、立候補のほうが強いよね？」

おツボネさまは黙って、ぷい、と横を向いてしまった。


その日の昼休み、おツボネさまの命令でクラスのほとんどの女子が廊下に集まった。

「ヤベえよ、仕返しとか考えてるんじゃねーの？」

ジャンボが心配顔で言った。

「おツボネなら、やりそーっ」とタッチもうなずいた。

男子はみんなマコトの味方だった。意地悪なおツボネさまがやっつけられて喜んでる——そういうのも、なんだかズルくてセコいよな、と思うけど。

ぼくはみんなの話を黙って聞きながら、マコトの様子をちらちらと横目でチェックしていた。

さっきの視線が気になる。ぼくのこと、怒ってるのかもしれない。でも、しかたないじゃないか、謝ることない、ぼくは間違ってない……と、思う。

マコトは席を立ち、黙って教室を出て行った。いつものパターンだ。ぼくも、トイレに行くふりをして教室を出た。廊下の柱に隠《かく》れながら、マコトのあとをつけた。マコトは渡り廊下を通って、理科室や音楽室のある校舎に入った。ひとけのない廊下を進み、階段を上る。最上階の三階の、さらに上――屋上まで。

階段のすぐそばで耳をそばだてると、鍵を開ける音が聞こえた。

あいつ、屋上の鍵を持ってるわけ――？

おどろいて、思わず身を乗り出すと、マコトはドアのノブに手を掛けたまま、こっちを向いていた。

ぼくの尾行《びこう》に気づいていたのか、マコトは余裕《よゆう》たっぷりに言った。

「ねえ、中村くん」

「……なに？」

「あんたのお父さんの名前って、なんていうの？」

「あの……えーと……」

突然の質問に、頭の中が真っ白になってしまった。

すると、マコトは「自分の親の名前忘れてどーすんのよ」とあきれ顔で笑い、「ケンスケっていうんじゃないの?」と言った。

正解。ウチのパパは、中村健介という名前だ。

マコトは「やっぱりね」と笑ってうなずいた。「中村くんのお父さんの子どもの頃の写真、ウチにあるの。あんたにそっくりの顔してるもん、お父さん」

そうだった、ウチのパパとマコトのお父さんは幼《おさな》なじみで、でもマコトのお父さんは病気で亡《な》くなって……。

「いいもの見せてあげる」

マコトはぼくを手招《てまね》きして、ドアを開けた。薄暗《うすぐら》い階段に、まぶしい陽射《ひざ》しが降りそそいだ。

チョンマゲを結んだサクランボみたいなボンボンが、陽射しを浴びてキラッと光った。

初めて上った屋上は、予想していたよりずっと広かった。そして、サイコーに見晴らしがいい。

ぼくたちの町を、端から端まで見わたすことができる。町の真ん中を流れる朝日川も、山のほうからやってきて海に注ぐまで、まるごと眺められる。川のほとりの、こんもりとした森は、江戸時代にお城があったという中央公園だ。港の魚市場の屋根も見えるし、海岸線のずっと先のほうにはコンビナートの煙突も見える。

でも、眺めに感心してる場合じゃない。屋上に上るのは校則違反《こうそくいはん》で、ついさっき中山先生にも注意されたばかりで、ぼくは先生に叱《しか》られたことがないのが自慢の優等生なんだから。

マコトはキーホルダーの輪っかを指に通して、「この鍵、お父さんの形見なの」と言った。「お父さんって悪ガキだったから、卒業する前に相棒と一緒《いっしょ》に合い鍵つくったんだって」

形見——という言葉に、胸がキュッとなった。

「ほら、ここ」とマコトはキーホルダーをぼくに見せた。プラスチックの小さなどんぐりが二個ついたキーホルダー——どんぐりの一つずつに、名前が彫《ほ》ってあった。

ケンスケ。

ヒロカズ。

「ウチのお父さんと、中村くんのお父さん」

びっくりして声も出ないぼくに、マコトは、ああ、そうそう、と忘れ物を思いだしたように言った。

「さっきの学級会の司会、あれ、サイテーだよね」

鼻の頭を指でビシッとはじかれたような気がした。なにか言い返したいけど、言えない。マコトの顔をまっすぐ見られない。

「こらぁ！　そこでなにやってるんだぁ！」

六年生の担任で一番おっかない熊本《くまもと》先生に見つかった。

ヤバい。でも、ほんとうはホッとした。

小学校に入って初めて先生に叱られながら、ぼくはずっとうつむいて、考えをめぐらせていた。

もしも熊本先生に見つからなかったら、ぼくはマコトの顔を見られないまま、いったいどんな言い訳をしていただろう……。

答えは、わからなかった。

第3話 困ってる一人

その日は朝から、イヤ～な予感がしていた。

せっかくの社会科見学だというのに、天気はいまにも雨が降り出しそうだし、カメラ係のジャンボは学校に来てから「ごめん、フィルム入れてくるの忘れちゃった」と言いだした。

中山先生は、風邪《かぜ》で欠席――ぼくたち四年一組は、先生の引率《いんそつ》なしで社会科見学をすることになってしまった。先生がいないってことは、クラス委員の責任がドーンと増えるってことで、それだけでも「まいっちゃったなあ……」なのに、女子のクラス委員の加藤さんも先週から風邪をひいていて、マスクがはずせない。

要するに、今日、クラスをまとめていくのは、ぼく一人。

このプレッシャー、わかるだろう？　パパもママもいない留守番の夜に、自分でお風呂《ふろ》を沸《わ》かして、自分でごはんをつくって、自分で洗濯機を回すようなものだ。

しかも、ぼくは知っている。バスに乗り込《こ》む前に、女子がひそひそと話しているのを立ち聞きした。

おツボネさま率《ひき》いる『マコト嫌《きら》い同盟』は、中山先生がいないのをいいことに、マイク係のマコトの指示を無視しちゃおうと話し合っていた。

ヤバいだろう？　おまけに……ぼくは、バスに弱くて、しょっちゅう車酔いをして気分が悪くなっちゃうんだから……。


バスの中は、予想どおり、重苦しい雰囲気に包まれていた。どんよりと曇《くも》った空の色が、そのまま車内に流れ込んできたみたいだ。

その重苦しさの中心にいるのは、おツボネさま。ホラーまんがなら、どす黒く渦《うず》を巻いた殺気をおツボネさまのまわりに描《えが》くところだ。

ついさっき、バスが町なかを抜けて高速道路に入ったときも、男子のマイク係のタッチがクイズを始めようとしたら、おツボネさまのまわりに座った子分たちはいっせいにブーイングの声をあげた。

「やりたくありませーん！」「寝てまーす！」「授業じゃないんだから自由だと思いまーす！」「多数決でーす！」……。

クイズやゲームを始めると、女子の司会はマコトになる。おツボネさまには、それが面白くないんだろう。

レクリエーションは、結局、中止。マコトは黙《だま》ってマイクのスイッチを切っただけだったけど、張り切ってクイズの問題をたくさん考えてきていたタッチは、がっくりと落ち込んでしまった。

ぼくは窓の外に広がる海をぼんやり眺《なが》めて、ため息をついた。

こういう雰囲気、サイテーだ。

黙り込んだままバスに揺《ゆ》られていると……ほら、やっぱり、胸がだんだんムカムカしてきて、口の中にツバがたまってきて……。

なにか別のこと考えなきゃ、気をまぎらせなきゃ、とあせって思い浮かべたものは——もっとヤバい話だった。

ぼくには「宿題」がある。パパから頼《たの》まれて、まだ手をつけていない、やっかいな「宿題」だ。

「なあツヨシ、パパ、今度マコトくんの家に行ってみたいんだ。仏壇《ぶつだん》にお線香をあげたいんだよ」

パパは、マコトの亡《な》くなったお父さん――ヒロカズさんと小学校時代の親友だった。

「行ってもいいかどうか、マコトくんに聞いてみてくれ」と頼まれてから一週間、まだぼくはマコトに話を切り出していない。だってマコトはいつも休み時間になると一人で遊びに行ってしまうし、それを呼び止めて「ちょっといい?」なんて、やっぱり恥《は》ずかしいし……。

バスは高速道路を降りて、山のほうに向かう。今日の社会科見学の目的地は、高原の牧場――高速道路のインターチェンジからの一本道は、曲がりくねって上り坂も急な「車酔い危険ルート」だ。

「ツヨシ、だいじょうぶ?」

隣《となり》に座ったハマちゃんに声をかけられた。

「なんか、顔色悪いけど……ゲロしそうになったら早く言えよ、オレ、逃げるから」

心配してくれてるのか、いやがってるのか、よくわからない。でも、そんなハマちゃんに「だいじょうぶだよ」と笑い返す余裕《よゆう》すら、いまのぼくにはない。

ヤバいよ、ほんと。

あくびが出そうで出ない。炭酸入りのジュースを一気飲みしたあとみたいに、喉《のど》とおなかの間になにかがつっかえてるみたいだ。

このままだと、ほんとに、ヤバそう。

ぼくはシャツのボタンを一つはずし、社会科見学のしおりをウチワにして頰《ほお》に風を送った。

牧場の案内板が見えた。あと二キロ。あとちょっと。がんばれ、がんばれ、がんばれ……。

「ねえ、たいへん！」

女子の藤本《ふじもと》さんが、不意に大きな声をあげた。

「高野さんが気持ち悪いって！」

おとなしくて、いつもおツボネさまにいじめられている高野さんが、ぼくより先に車酔いしてしまったのだ。

「ちょっと、吐《は》いたりしないでよ、汚いし、クサくなっちゃうから」

おツボネさまは冷たく言った。

まわりの子分たちも、「ほんとだよねー」「酔い止め、のんでないの?」「みんなにメーワク!」と口々に言った。

高野さんはぐったりとシートに倒れこんだまま、みんなに「ごめんなさい」と謝っている。

かなり具合が悪そうだ。このままバスに乗っててもいいのか、ちょっと休憩《きゅうけい》してもらうのか、先生がいればすぐに決めてもらえるけど、いま、クラスのみんなの視線はぼくに集まっていて……。

「あとちょっとなんだから、我慢《がまん》しなよ」

おツボネさまが言った。子分たちも「そうそう」「ウチらだけ遅れたら、他のクラスにもメーワクじゃん」とうなずく。

確かにそうかもしれない。牧場まではあと一キロ。もうちょっと高野さんに我慢してもらって……でも……やっぱり……。

　そのときだった。

「運転手さん、バス、停《と》めて！」

　マコトの声が車内に響《ひび》いた。

　運転手さんはバスのスピードをゆるめながら、「その先で道の幅が広くなってるから」と言った。

「じゃあ、そこで停めてください」

　マコトは席を立ち、高野さんのそばまで行って「外の風にあたって休もう」と声をかけた。

　もちろん、そうなったらおツボネさまたちも黙ってはいない。

「あんたクラス委員じゃないでしょ、勝手に決めないでよ」「集合時間に遅れたらどうするのよ」「責任とりなさいよ」「一人のためにみんながメーワクしちゃうのって、おかしいじゃん」……そして、とどめを刺《さ》すように、おツボネさまが言った。

「降りるんだったら、あとは歩いて行けば？」

　マコトはゆっくりとおツボネさまを振り向いた。

「わかった。わたしと高野さん、歩いて行くから」

きっぱりと言った。


マコトは自分のリュックを背負い、高野さんのリュックも提《さ》げて、バスを降りた。ぼくと加藤さんが外まで付き合ったけど、マコトは「いいよ、もう、あとは二人で行けるから」と笑う。

「ほんとにだいじょうぶ？」

加藤さんが心配顔で聞いた。

「へーき、へーき、一本道だし、牧場まであとちょっとだもん」

マコトはピンクのリボンで結んだチョンマゲを揺らして、Vサインをつくる。

「それより加藤さん、風邪キツいんでしょ、早くバスに戻ってなよ」

おツボネさまたちへの文句は一言も言わない。逆におツボネさまのほうが気まずくなってしまったのか、「なにやってんのよ。早くしてよ。遅れちゃうよ」と窓からふくれっつらを出した。

ぼくと加藤さんは顔を見合わせて、小さくうなずいた。しかたない。クラス委員はクラス全体のことを考えなきゃいけない。高野さんのことはマコトに任せて、ぼくたちはぼくたちの仕事を……。

バスに乗り込む前に、マコトをちらっと振り向いた。

マコトはぼくの視線には気づかず、その場にしゃがみこんだ高野さんの背中をさすって、「ゆっくり行こうよ」と声をかけていた。

ふだんの態度はそっけないけど、意外と優しいヤツなんだな。

そういえば、パパもいつか言っていた。

「いいか、ツヨシ。番長っていうのはケンカが強いだけじゃだめなんだ。誰《だれ》かが困《こま》ってたら、それをしっかり助けてあげられるのが、いい番長なんだぞ」

マコトって、やっぱり番長なんだな。ぼくは、クラス委員だけど番長じゃなくて……「困ってる一人」と「みんな」のどっちを選べばいいのかっていうと、やっぱりクラス委員なんだから……。

バスが走りだした。

ジャンボが後ろを振り返って、「うわー、重たそう！」と言った。

マコトと高野さんは二人並んで歩いていた。リュックを二つ背負ったマコトは、高野さんの肩まで抱いて、急な上り坂を一歩ずつ、一歩ずつ、一歩ずつ……。

「すみません、停めてください！」

ぼくは思わず叫《さけ》んでいた。

急ブレーキをかけて停まったバスから、ダッシュで降りた。

このまま知らん顔してバスに乗りつづけているわけにはいかない。「困ってる一人」だって、「その子を助けてる一人」だって、クラスの仲間なんだから、ぼくはそんな二人を放《ほう》っておくなんて、やっぱり、できなかった。

全力疾走《しっそう》で二人のもとへ駆《か》け戻った。バスを降りるときにおツボネさまに言われた「カッコつけんなよ」の一言は、しばらく耳に貼《は》りついていたけど、走っているうちに風が吹き飛ばしてくれた。

駆けつけたぼくを見ると、マコトは、ふーん、とうなずいて、高野さんのリュックを差し出した。

黙ったままだったけど、ほんの少し、マコトの顔はうれしそうに見えた。ぼくも、よけいなことはなにも言わない。無理やりしゃべっちゃうと、ぜんぶウソっぽくなりそうだから。

高野さんに「ゆっくり行けばいいから」と一言声をかけて、リュックを背負った。

歩きだすと、マコトはくちぶえを吹きはじめた。

メロディーは――わかった、これ、パパもときどき口ずさんでいる。ぼくが幼稚園に入るか入らないかの頃《ころ》に流行《はや》った歌だ。『銀色の道』っていう題名で、「遠い、遠い、はるかな道は……」っていうんだ、たしか。

ぼくも、ついつられて同じメロディーをハミングした。

「知ってるの？」とマコトが驚《おどろ》いて聞いた。

「うん……お父さんがときどき歌ってるから」――こういうときに「パパ」と呼ぶのって、恥ずかしいんだよね。

「そうなの？」

マコトはもっとびっくりした顔になって、「わたしもお父さんに教えてもらったんだ」と言った。

あ、このタイミング、いいかもしれない。

「あのさ……ウチのお父さん、今度、川村さんちに行きたいって言ってるんだけど、いい？」

意外とすんなり言えた。

マコトはあっさりと「いいよ」と答え、「じゃあツヨシも一緒に来れば？」と付け加えた。

胸がドキッとした。だって、いままでは「中村くん」だったのに、いきなり「ツヨシ」なんだもん。

「ツヨシもいいところあるんだね、ちょっとだけ、見直してあげた」

マコトはフフッと笑って、「あそこ、見て」と道の先を指差した。

バスが停まっていた。

クラスのみんなが手を振りながら迎えに来てくれた。

「やっぱり一緒に歩こうぜ、みんなで」「うん、そのほうが気持ちいいよ」「高野さんのリュック、交代で持とうよ」……。

結局、おツボネさまのグループ以外は、男子も女子もバスから降りて、歩いて牧場に向かった。四年一組って、なんか、照れちゃうけど、そういうクラスなんだ。

牧場に着くと、事情を知らない四年二組の細野先生に「クラス委員がそんな勝手なことしちゃだめじゃない！」と叱《しか》られてしまった。いままで先生に注意されたことすらなかった優等生のぼくなのに、マコトと知り合って以来、叱られることが増えた。

でも、先生のお小言《こごと》をしょんぼりとしたポーズで聞くのって……意外と悪い気分じゃなかった。

第4話 マコト嫌い同盟

おツボネさまたちの『マコト嫌い同盟』は、社会科見学のあと、クラスの女子の間に一気に広がった。

朝、マコトが「おはよう!」と教室に入ってきても、女子は誰も返事をしない。聞こえなかったふりをしておしゃべりをつづけたり、そっぽを向いたり、うつむいてしまったり……。

休み時間にマコトが「ねえねえ、なに盛り上がってんの?」と女子のおしゃべりに加わろうとしても、みんな、ぴたっと話をやめてしまって、マコトがきょとんとしているうちに、なんとなくばらけてしまう。

ぼくにはわかってる。三年生のときから同じクラスなんだから、一人ひとりの性格も知ってる。クラスの女子のほとんどは、ほんとうはマコトのことを嫌ってるわけじゃない。男子のぼくが言うのもナンだけど、ウチのクラスの女子はみんな優しくて、おとなしくて……だから、おツボネさまには誰も逆《さか》らえないんだ。

「はっきり言うけどさあ、このまえの社会科見学、あれ、なに？　勝手にバスを降りて歩きだしちゃってさあ、あんなのルール違反《いはん》じゃん、反省文書かなきゃだめじゃん」

おツボネさまが女子の誰かに話しているのをちらっと聞いた。

それだけじゃない。

「番長ってのはケンカするんでしょ？　ケンカが強いから番長なんでしょ？　でも、そんなのクラス目標を守ってないじゃない」

黒板の横に貼《は》ってある四年一組のクラス目標――『みんな仲良く、元気な一組』を指差して、『仲良く』っていうのはケンカをしないってことなんだよ」と言った。

「クラス目標を守らない子なんて、一組の子じゃないよ。一組の子じゃないんだったら、仲良くしなくてもいいんだよ。だってクラス目標の『みんな』っていうのは一組の子のことなんだから。そうでしょ？」

口ゲンカなら誰にも負けないおツボネさまは、屁理屈《へりくつ》が大の得意だ。ジャンボなんて「なるほどなあ、そうだよなあ」と感心してうなずいてしまった。

確かに、おツボネさまの言っていることはなんとなく正しいような気がしないでもなくて……でも、やっぱり「そんなの違《ちが》うよ」とも言いたくて……でも、「どこがどう違うのよ!」とキツい声で言い返されると、やっぱり負けそうで……。

問題はマコト本人なんだ。

マコトが女子のみんなからのけ者にされて悲しんでいるのなら、こっちだって、クラス委員としてなんとかしなくちゃと思うけど、あいつ、無視されてもちっとも気にしていない。悲しそうなそぶりなんていっさい見せずに、ふーん、とうなずいて、それでおしまい。

本人がSOSを出さないのに、おツボネさまに「やめろよ!」と言うのは、おせっかいっていうヤツで、「小さな親切、よけいなお世話」っていうヤツで、やっぱりやめたほうがいいよなあ、と思う。

でも、マコトって……ほんとうに友だちがいなくても平気なんだろうか……。

体育の時間に『腕立《うでた》て歩き』をすることになった。腕立て歩きって、わかるかな。

腕立て伏《ふ》せの格好をして、ペアになった子に両足を持ってもらって、腕だけで前に進んでいく競技だ。

「腕立て歩きはチームワークが大事です。特に後ろで足を持つ子は、腕立てをする子のペースに合わせて歩いてあげないと、危ないわよ。腕立てをする子がケガしちゃうからね」

　中山先生はそう言って、何年か前の四年生の子が両手を骨折した、という話をした。

　みんなはビビッて「ぎょえーっ」「やだぁ」と騒《さわ》がしくなった。

「両手とも骨折しちゃうとウンコのときどうするんだろうな」「母ちゃんにケツ拭《ふ》いてもらうのかなあ」なんてばっちいことをひそひそ声でしゃべるのは、タッチとジャンボ——ほんとに、この二人ってバカなんだ。

　女子のほうではおツボネさまが「あんなのウソに決まってるじゃん、毎年おんなじこと言ってるんだよ、どうせ」とクールに言っていた。そばにいるおツボネ軍団の二、三人はすぐさま「ほんとほんと」「さすが玲夏ちゃん」と調子を合わせて、その外側にいるフツーの女子は困ったような顔で笑う。いつものことだ。ほんとうに、いつも、そうなんだ。

「はい、じゃあペアをつくりましょう。いつもなら出席番号順で組んでもらうんだけど、腕立て歩きは二人の体格が似てるほうがやりやすいし、チームワークが必要だから、組みたいひとと組んでください」

先生の言葉に、またみんなは騒がしくなった。体の重いジャンボと組んだら大変なので、ぼくとタッチはすばやく「やろうぜ！」とペアになった。ジャンボは一瞬《いっしゅん》しょんぼりした顔になって、ぼくたちを見た。ごめん、ジャンボ。でも、体格の似た相手と組みなさいって、先生も言ってたんだし。

結局ジャンボは、男子で二番目に体の大きなシュウヘイをつかまえて、なんとかペア成立――ジャンボ本人よりもぼくのほうがホッとしたのは、なぜだろう……。

女子のほうもにぎやかにキャアキャア言いながら、ペアがどんどんできあがった。

女子の人数は、男子と同じ十八人。マコトが転校してくるまでは十七人で、二人でペアを組むときは必ず一人余ってしまう計算だった。そんなとき、いつも「余り」になるのは高野さん――おツボネ軍団は「だって、運動神経ゼロの高野さんがいると足手まといだもん」なんてことを、平気で、高野さんにも聞こえるように言うヤツらなんだ。

でも、今年からはもうだいじょうぶ。女子は十八人。偶数。2で割り切れる。高野さんが「余り」になってしまうことはない。

ふと見ると、高野さんはマコトと手をつないでいた。高野さんは恥《は》ずかしそうに顔を真《ま》っ赤《か》にしながら、うれしそうに笑っていた。マコトのほうから「ペアになろうよ」と誘《さそ》ったんだろうか。でも、まだ女子は全員ペアを組み終えていない。マコトは「どうせ自分はのけ者になっているから」と思って高野さんをペアの相手に選んだんだろうか。それとも、そんなこと関係なく、最初から高野さんと組むつもりだったんだろうか。

どっちにしても、マコトがあっさり高野さんとペアになったので、おツボネさまたちは拍子《ひょうし》抜《ぬ》けした様子で、「いいんじゃない？　『余り』同士で仲良くしてれば」「そうそう、玲夏ちゃんの言うとおり」「さすが玲夏ちゃん」とぼそぼそ言っていた。

「ペアが決まったら腕立て歩きの練習をしてみようか。足を持つ子は腕立てをする子のペースに合わせて歩いてあげてね。腕立てをする子も、おしりをあんまり大きく動かしちゃうと足を持つ子が大変だから気をつけて」

　さっそく練習が始まった。

　ぼくもタッチも体育はわりと得意なので、何度か交代しているうちにコツを覚えた。ジャンボも元気を取り戻して、シュウヘイに足を持ってもらって「どけどけどけーっ」と腕立て歩きをしている。スピードは遅いけど、体がデカいぶん迫力《はくりょく》満点だ。

　そして、女子は——。

「もう！　ちゃんと足を持ってないからできないじゃない！」「もっと早く歩いてよ、足を持ってるのキツいんだから！」

　おツボネさまの怒った声がしょっちゅう聞こえる。ペアを組んだおツボネ軍団の花井さんは、泣きだしそうな顔で「ごめん、ごめん、玲夏ちゃん、ごめん」と謝りどおしだった。

　まあ、これはいつものことだから、気にしていられない。花井さんだっておツボネさまの力を借りていばってるんだから、たまにはこういうことがあってもしかたない……よね。

問題はマコトと高野さんのペアだ。高野さんはほんとうに運動が苦手で、腕を一歩前に進めるだけで、体がぐしゃっとつぶれてしまう。でも、足を持っているマコトはちっとも怒らない。「がんばれ、がんばれ」と声をかけて、「腕から先に進むっていうより、頭を先に前に出してから腕をちょっとずつ前に出した方がいいんだよ」とていねいにコツを教えている。

そんなマコトの姿を、タッチの足を持ちながら見ていたら、タッチのやつ、どんどんマコトのほうに近づいていった。

「そっちじゃないよ、曲がってる曲がってる」

あわてて言ったけど、タッチは「だって前が見えないんだもん」と答え、「あっ、ヤバい、つまずくつまずく、つまずく！」とどんどんスピードを上げて、どんどんマコトと高野さんに近づいていって――ぶつかった。

「なにしてんのよお……まったく」

マコトは肘《ひじ》をすりむいた高野さんを抱《かか》え起こしながら、ぼくたちをにらみつけた。

タッチとぼくは無傷《むきず》だったけど、なんとなく責任を感じて、保健室まで付き合うことにした。高野さんが保健室の先生に赤チンを塗《ぬ》ってもらっている間、廊下《ろうか》に出て待っていたら、タッチが急に「オレ、ちょっとしょんべん」とトイレに行ってしまったので、ぼくとマコト二人きり、になった。

こういうときにしか言えない――教室ではなかなか女子には声をかけづらいし。

「あのさ……」

「なに?」

いきなり『マコト嫌い同盟』の話というのもヘンなので、「高野さんと友だち?」と訊《き》いた。よく考えたらそっちのほうがずっとヘンだった。

でも、マコトはあっさりと「友だちだよ」と答えた。「それがどうかしたの?」

「いや、あの……だから、じゃあ、他の子は?」

「みんな友だちだよ。同級生なんだから」

「でも……ほら、みんな……」

うーんと、えーと、あのー、と口ごもっていたら、マコトはフフッと笑った。

「わかるよ、ツヨシの言いたいこと」

ホッとして、ぼくは「どうする？」と訊いた。

「どうするって、なにが？」

「だから、もし川村さんがいじめられてるって思ってたら、今度の学級会で議題にしてもいいし、中山先生に直接言ってもいいし……ほら、オレ、クラス委員だから……」

マコトはまた笑った。今度はちょっと、あきれた顔になった。

「そんなことしなくていいよ」

「でも……」

「だったら、一つ質問していい？」

「なに？」

「いままで、どうして高野さんのことを学級会の議題にしなかったわけ？　高野さんがいつも『余り』になって、みんなから話しかけてもらえないんだっていうこと、どうして先生に教えてあげなかったの？」

胸が、どきっ、とした。

「高野さんだったら、いじめられてもしょうがないと思ってたわけ？」

胸はさらにどきどきしてきて、息が詰《つ》まった。違う、違うよ、そんなことない、と言いたいのに、声がどうしても出てこない。

マコトは「そうでしょ？」と言った。笑顔だった。怒っていると思ったのにそうじゃなかったから、ぼくはよけい息が詰まってしまって、「うん……」とうなずくのがやっとだった。

「悪いけど、そういうひとのおせっかいって、わたし、いらないから」

「でも……じゃあ、高野さんのことも一緒《いっしょ》に、みんなで話し合って……」

それがいちばんだ、それしかない、と思って言った。

でも、マコトは——今度は初めて、怒った顔になった。

「学級会で話し合う前にやることあるんじゃないの？」

「……え？」

「わたしのことはどうでもいいけど、高野さんにツヨシが話しかければ、それでいいんじゃないの？　そういうこと全然やらずに、なんで話し合いで決めるの？」

「だから……そういうのって、クラスみんなで……」

「ツヨシはどうなの？　みんなで決めないとなにもできないの？　話し合いをする

前に、まずツヨシが自分でやればいいじゃない。なんでやらないの？　ツヨシは高野さんのこと、同じ四年一組の友だちだと思ってないの？」

「そんなことないけど……でも、オレ、男子だし……」

もじもじしながら言うと、マコトは、ふーん、とうなずいた。なんだか、この子だめだ、と見捨てたような様子だった。

「ツヨシって、意外とつまんないことを言う子なんだね。男子でも女子でも同じ四年一組だと思うし、クラスが違ってても、学校が違ってても、誰かをひとりぼっちにしちゃいけないっていうのは常識だと思うけど」

ぼくはうつむいたきり、顔を上げられなくなってしまった。

「わたしは番長だから、番長のやり方でやるから、よけいなことしないで」

ぼくはうつむいたまま、だった。

保健室のドアが開いて、肘に赤チンを塗った高野さんが出てきた。

マコトは「行こっ」と高野さんと手をつないで歩きだした。ぼくはうつむいた顔を最後まで上げられなかった。

ぼくたちが校庭に戻ると、中山先生は「じゃあ、最後に腕立て歩きで競争をしようか」と言った。

十五メートルのコースを往復する。折り返しのところで腕立てをするほうと足を持つほうが交代する。十五メートルって、ふつうに歩けばなんてことのない距離だけど、腕立てで進むのはかなりキツい。みんなも「うげーっ」という顔になった。

特に高野さんは、早くも半べそをかいて、「わたし、見学する」とマコトに言った。「さっきケガしたところも痛いし……」

友だちだったら――そうだよね、と言うはずだ、と思っていた。高野さんがかわいそうだから無理してやらせるわけない。

ところが、マコトはきっぱりと言った。

「すりむいただけでしょ？　やろうよ」

「でも……」

「せっかく練習してだいぶ歩けるようになったんだから、行けるところまででもいいから、がんばってやろうよ」

「でも……わたし、遅いから、川村さんに迷惑かけちゃうし……」

そうなんだ、高野さんは三年生のときからなにをやってもテンポがのろくて、みんなで競争をするときにはいつも高野さんのところで逆転されて、クラスやチームに迷惑をかけて、だからいつのまにかみんなは高野さんを「余り」にするようになっていて……。

「違うよ」

マコトは言った。さっきより、もっときっぱりとした口調だった。

「そんなのは迷惑なんて言わないんだよ」

「でも……わたしと組んだら、絶対にびりっけつになっちゃうし……」

マコトは、高野さんの肩をぽんと叩《たた》いて「だいじょうぶ」と笑った。「順位なんてどうでもいいから、やってみようよ」

それに――と、マコトはつづけた。

「番長は一番にならなくても番長なんだから」

ヒュッ、と短くくちぶえを吹いて、チョンマゲを揺らして、笑った。

最初に女子がスタートした。

予想どおり、高野さんの腕立て歩きはみんなよりずっと遅い。折り返し点のポールまでたどり着けるのかどうかもわからない。

でも、高野さんは一歩ずつ、ゆっくりと、途中でやめずに腕立て歩きをつづけた。足を持つマコトも高野さんのペースに合わせてゆっくりと歩きながら「いいよ、その調子、そうそう、いっちに、いっちに」と応援《おうえん》をつづける。

他のペアがみんなゴールしても、高野さんはまだ折り返し点の手前二メートルのところにいる。腕が止まった。もうだめ、というのが全身から伝わった。

あとちょっとなのに。高野さんが十五メートルを完走するなんて、そんなの、いままで一度もなかったことなのに。それって、ほんとうに、ほんとうに、すごいことなのに。

「がんばれ！　あとちょっと！」

ぼくは思わず叫《さけ》んでいた。両手をメガホンにして「がんばれ！　がんばれ！」と声援をおくっていた。

それにつられたように、ジャンボやタッチも「あとちょっとだぞ！」「根性《こんじょう》だ、ド根性！」と高野さんを応援しはじめて……やがて、その声は、少しずつ女子にも広がっていった。

マコトはぼくたちを振り向いた。

ニコッと笑った。

そして、高野さんが折り返し点までたどり着くと、高野さんの手を取って、高々とかかげた。みんなはいっせいに拍手《はくしゅ》をした。高野さんは涙ぐんでいた。いつもの泣き虫の高野さん――でも、その涙は、ぼくたちが初めて見るうれし涙だった。

「さあ、交代だよ」

高野さんに足を持ってもらったマコトは、折り返し点からゴールに向かって腕立て歩きを始めた。今度はもう声援なんていらなかった。それどころか、みんな驚《おどろ》いて、ボーゼンとして……だって、マコトの腕立て歩きはすごく早かったんだから。男子よりずーっと早かった。やっぱり、あいつ、番長なんだ。番長だから、競争で一番にならなくても、やっぱりすごいやつなんだ。

じゃあ、ぼくは――？

ぼくは、このままで、いいの……？

翌朝、どきどきしながら教室でマコトが来るのを待った。

始業のチャイムが鳴るぎりぎりになって、マコトが教室に入ってきた。

「おはよう!」

いつものとおり、女子は誰も返事をしない。

だから、ぼくは――。

男子も女子も関係ないんだから――。

息を大きく吸い込《こ》んだ、そのとき、教室の隅《すみ》から小さな声の「おはよう」が聞こえた。女子の声だ。驚いて振り向くと、高野さんが顔を真っ赤にしていた。

いまの、高野さんの声だ。かぼそくて、いまにも消え入りそうな小さな声だったけど、高野さんは確かに、マコトにあいさつをしてくれたんだ。

ぼくはもう一度、息を大きく吸い込んだ。

うれしくて、胸がわくわくしてきて、でもなんだか泣きそうにもなって――大きな声で「おはよう!」とマコトに言った。

マコトは一瞬びっくりして、くちぶえをヒュヒューッと吹いて、ゆっくりと自分の席に向かいながら、一人ずつに「おはよう!」と声をかけた。自分の席を通りすぎて、クラス全員の席を回って、みんなに「おはよう！」とあいさつをした。

みんなも最初はどうしていいかわからない様子だったけど、しだいに「おはよう」を返す子が増えてきて、途中からは全員、元気な声で「おはよう！」と言うようになった。

これが番長のやり方ってヤツなんだろうか。

話し合いの多数決より、ずっと強引で、ちょっと乱暴な感じもして、でも、カッコいいな、これ……。

マコトはおツボネさまの前で立ち止まった。

「坪根さん、おはよう！」

元気いっぱいに言うと、おツボネさまはちょっとすねたように横を向いて「玲夏ちゃんって呼んでよ、そのほうが慣れてるから」と言った。

その瞬間——四年一組の『マコト嫌い同盟』は終わったんだ。

第5話　マコトの秘密

玄関のチャイムを鳴らす前に、パパは何度も深呼吸をした。緊張《きんちょう》している。すごく。

家を出る前にも、ネクタイを締《し》めるかどうかでさんざん迷って、ポロシャツにジャケットという無難《ぶなん》な組み合わせで決めたあとも、「やっぱりネクタイだったかなあ、どうかなあ……」と首をひねりどおしだった。

そりゃそうだよね、とぼくも思う。ヒロカズさんの家を訪ねるのは、小学校を卒業して以来二十五年ぶり——しかも、ヒロカズさんはもういない。

「いいか、ツヨシ。仏壇《ぶつだん》にお線香をあげたら、すぐに帰るからな。お墓参りと同じなんだから、しっかり頼《たの》むぞ」

って言われても。

「ヒロカズは死んじゃったのに、親友のパパが元気いっぱいだったらよくないだろ。ほら、お父さんって、おしゃべりに夢中になったらギャグばっかり言うだろ？　でも、今日はだめなんだ。おとなしく、しょんぼりしてないと」

わかってるって。ゆうべから何度も何度も——ママを相手にリハーサルまでしていたじゃないか。

日曜日の午後四時。「晩ごはん前には帰るからな、絶対に帰るからな」と念を押したパパは、やっとチャイムを押した。

指がふるえている。玄関のドアに向かって「あ、あのー、中村ですが……」と言う声も、裏返った。

でも、パパがほんとうに心配していたのは、陽気になってヒンシュクを買うことじゃなかった。

ドアが開いて、マコトが顔を出した瞬間——。

パパは、ヒロカズさんのことを思いだして、涙をポロポロ流してしまったんだ。

仏壇にお線香をあげたパパは、小さな写真立ての中のヒロカズさんをじっと見つめて、「忘れてなかったんだな、ヒロちゃんは……」とつぶやいた。

「そんな話があったなんて、知りませんでした」

ヒロカズさんの奥さん――つまりマコトのお母さんは、びっくりした顔で言った。

ぼくだって知らなかった。

マコトも照れくさそうに、チョンマゲを結んだサクランボの髪飾《かみかざ》りをさわっている。

小学生の頃《ころ》、ヒロカズさんとパパは、髪の毛をチョンマゲみたいに結んでいた。時代劇のサムライにあこがれて、布団叩《ふとんたた》きやハエ叩きを半ズボンのベルトに挟《はさ》んで、ご近所を走り回っていた。

「なつかしいなあ……ほんと、楽しかったんだよなあ……」

パパがしみじみ言うと、マコトのお母さんもハンカチを目元にあてながら言った。

「マコトがまだ幼稚園の頃、髪の毛をチョンマゲにしたら、あのひと、『似合う似合う』って、すごく喜んで……その頃はもう、入院してたんですけど……」

だから、マコトはチョンマゲを絶対にほどかない。お父さんが気に入ってくれた髪形だから、お父さんが死んでしまったあとも、ずっと――。

「マコトちゃん」

パパは目に涙を浮かべて、マコトに声をかけた。

「マコトちゃん、番長になりたいんだって？」

「はいっ」とマコトは胸を張って答えた。

「いいぞ、元気があって。おじさんとヒロちゃんも、番長になりたかったんだ。弱いものいじめをするんじゃなくて、弱きを助け強きをくじく番長にあこがれてたんだ」

「わたしもそうです。それが、お父さんの遺言《ゆいごん》だったから」

カッコいい番長になれ――とヒロカズさんはマコトに言った。悪いヤツらを倒《たお》して、ひゅーっ、と気持ちよさそうにくちぶえを吹く、そんな番長になれ――と。

「そっかあ、じゃあ、マコトちゃんは『くちぶえ番長』を目指すわけか。いいぞ、そういうの」

パパはうれしそうに言って、家から持ってきた小さな紙袋を、マコトに差し出した。

「これ、おみやげだ」

紙袋の中には、指人形が二つ入っていた。チョンマゲをして、オモチャの刀を持った男の子のコンビ——一人はパパで、もう一人はヒロカズさんだった。

「研究所でこっそりつくったんだ」

あ、また仕事サボっちゃって……。

でも、パパの気持ちはわかる。

マコトも素直に「ありがとう!」と言って、さっそくヒロカズさんの人形を指にはめた。ふふっ、と微笑《ほほえ》んで、ヒロカズさんの人形をじっと見つめる。まぶしそうな、くすぐったそうな、でも寂《さび》しそうな……学校では見たことのないマコトの顔が、えーと……つまり、なんていうか……意外とかわいいんだな、なんて……。

マコトは、学校では自分の話をほとんどしない。だから、マコトのお母さんの話は、初めて聞くものばかりだった。

ヒロカズさんのお母さん――マコトのおばあちゃんは、いま、年をとって体が不自由になってしまった。そんなおばあちゃんのお世話をするために、お母さんとマコトはこの町に引っ越してきた。

マコトはなにも言わなかったけど、あいつ、毎日おばあちゃんの体をタオルで拭《ふ》いたり、ごはんを食べるのを手伝ったりしているらしい。お母さんの仕事は、駅前の英語教室の先生だ。仕事は夕方からだから、マコトは毎日おばあちゃんと二人で留守番をして、お母さんが忙《いそが》しいときにはピンチヒッターで買い物や晩ごはんの支《し》度《たく》をすることもあるらしい。

子どもの頃からおばあちゃんにお世話になっていたパパは、お母さんに案内されて、おばあちゃんの部屋にあいさつに向かった。

ぼくも一緒に行こうとしたら、マコトに「外に出ない？」と誘われた。「おばあちゃん、お客さんがたくさん来ると、疲れて具合が悪くなっちゃうから」

「……わかった」

「それに、ヤジ馬って、嫌いだし」

ぴしゃりと言われた。

「そんなのじゃないよ」と思わずぼくは言い返した。

でも、マコトは「まあいいけどね」とそっけなく言って、縁側《えんがわ》から庭に出てしまった。

さっきの感想、取り消し。

やっぱりマコトって、かわいくない。クールで、無愛想《ぶあいそう》で、ドキッとするぐらいカンが鋭《するど》くて……。

玄関に回って靴《くつ》をはきながら、おばあちゃんに謝った。

ごめんなさい。マコトの言うとおり、ぼくは「体が不自由になったお年寄り」ってテレビでしか知らないから、見てみたくて……ヤジ馬だったんだ、ほんとに。

マコトは玄関の外で一輪車に乗って、ぼくを待っていた。

「近所に公園があるから、そこ、行こうか」

「……うん」

「じゃあ、ダッシュでついてきて」

一輪車をこいで、さっさと一人で公園に向かう。あいかわらず一輪車のワザはサイコーにうまい。急ブレーキをかけても体は全然揺《ゆ》れないし、ターンもきびきびとして、歩道の段差もジャンプ一発で軽々と越えていく。

体育の授業でもそうだ。鉄棒、とび箱、雲《うん》てい……クラスで最初にお手本を見せるのはいつもマコトだ。足も女子でいちばん速いし、もうすぐ始まる水泳の授業でも、ジャンボが去年出した「平泳ぎで八十メートル」というクラス記録を破る可能性があるのは、きっとマコトだけだろう。

スポーツが得意なのって、やっぱりカッコいい。さかあがりができないぼくから見ると、うらやましくてしょうがない。

だから——。

ずっと、マコトにきいてみたいことがあった。学校ではなかなか二人きりになれないけど、いまなら、だいじょうぶ。

走って公園に着いたぼくは、汗《あせ》びっしょりになってベンチに座った。マコトはベンチの前で、一輪車を前後に動かして、気持ちよさそうに空を見上げる。

「あのさ、川村さん、一つ質問していい？」

マコトは空を見上げたまま、「なに？」と言った。

「野球とかサッカーとか、バスケとか、そういうの嫌いなの？」

「そんなことないけど」

「でも……」

ぼくたちの学校はスポーツが盛んで、放課後になるとグラウンドや体育館でスポーツ少年団の練習が始まる。運動神経バツグンのマコトの評判《ひょうばん》は五年生や六年生にも広まっていて、野球部のジャンボやサッカー部のヒロスケは、マコトをチームにスカウトするよう、先輩《せんぱい》に頼まれているらしい。でも、そっけないマコトにはなかなか話しかけづらくて、ジャンボやヒロスケも困っていて……。

「少年団に入ればいいのに」

「やーだよ」

「なんで？」

「夕方は忙しいもん」

ドキッとした。「あっ」と声が出たきり、息が詰《つ》まった。

おばあちゃんのお世話をしなくちゃいけないから、だろうか。家事の手伝いがあるから、なのだろうか。でも、同じ四年生なのに、放課後に遊ぶこともできないなんて、そんなの……。

しょんぼりしてうつむいてしまったぼくに、マコトは一輪車を円を描いてこぎながら言った。

「同情するなーっ」

歌うように、軽く。

「そーゆーの、おせっかいって言うんだぞーっ。関係ないくせに、ツヨシ、生意気ーっ」

笑いながら言われたから──よけい、胸にグサッと突き刺さった。

「悪いけど、わたし、自分のことがかわいそうだとか、ちっとも思ってないからね」

マコトはきっぱりと言って、一輪車を急停止させた。両手を広げてバランスを取りながら、「ほんとだよ」とつづける。

ぼくはしょんぼりしたまま、「わかってるよ……」と泣きだしそうな声で言った。

「一年生のときに、お父さん、死んじゃったの。ずーっと入院してたからカクゴできてたんだけど、けっこう泣いちゃった」

「……うん」

「でも、泣きむしの番長って、番長じゃないもん」

お父さんのお葬式《そうしき》で泣いたのが最後だった。それ以来、どんなに悲しくても、どんなに痛くても、涙を流したことは一度もない。

「それに、わたしが泣いたりしたら、お母さんもおばあちゃんも困っちゃうし……」

でしょ？　と笑顔できかれた。

どんな顔でどんなふうに答えればいいのか、わからない。学校の勉強は算数でも国語でも得意なぼくなのに、マコトといるといつも、とびきり難しいテストを受けて途方《とほう》に暮れているような気分になってしまう。

「だけどさー、お父さん、言ってたんだ。番長になっても、うれし涙は流してもいいんだぞ、って」

マコトは一輪車に乗ったまま、シャツのポケットから指人形を取り出した。ヒロカズさんの人形を右手の人差し指にはめて、パパの人形をぼくにパス――こういうときにナイスキャッチできないのが、ぼくなんだよね……。

地面に落ちた人形をあわてて拾い上げたら、マコトはヒロカズさんの人形の顔を指でつついて、「小学生の頃のお父さん、こんな感じだったんだなあ。あんた、アタマ悪そーっ」と笑った。

でも、その笑い声はすぐにしぼんでしまった。

「ツヨシのパパ、優しいよね……」

人形を見つめてつぶやくと、大きな瞳《ひとみ》から、涙が一粒《つぶ》——。

「うれし涙だからね……カン違いしないでよ……これ、うれしいから泣いてるんだからね……」

一輪車の向きをクルッと変えて、ぼくに背中を向ける。夕方のオレンジ色の空に指人形をかざしたまま、しばらくじっと見つめる。

「昔、お父さんに言われたんだ。泣きたいときにはくちぶえを吹け、って。そうすれば自然に涙が止まるから、って……」

やがて、くちぶえが聞こえてきた。『遠き山に日は落ちて』のメロディーだった。

いつもより音がかすれて、揺れて、あまりじょうずじゃないくちぶえだった。

だから、ぼくも一緒《いっしょ》に吹いた。われながら、へただ。マコトもくちぶえを吹きながら、なにそれ、という目でぼくを見た。でも、やめない。マコトの目が赤いうちは、やめない。ぼくは指にはめたパパの人形を見つめて、せいいっぱい大きな音で『遠き山に日は落ちて』を何度も何度も――パパが「おーい、そろそろ帰るぞーっ」と迎えに来るまで、吹きつづけたんだ。

第6話 ガムガム団の襲撃

チャンバラの刀を持った指人形——パパをモデルにした『ケンスケくん』を、机の上に置いた。

ピストルの形にした人差し指と親指に輪ゴムをひっかけて、『ケンスケくん』にねらいを定めながら人差し指を伸ばして……親指を曲げると、ピシッという小さな音とともに輪ゴムが飛んでいく。

命中！　『ケンスケくん』は、こてん、と倒れた。

ぼくはガッツポーズをつくり、「やったね」と笑いながらつぶやいた。でも、笑顔はすぐにしぼんで、ため息交じりの声が漏《も》れる。

「……たいくつだよお」

あくびも出た。給食を食べておなかがいっぱいになったぶん、眠くて眠くて……

五時間目の授業、居眠りしちゃったらヤバいよ。

たいくつなのは、ぼくだけじゃない。四年一組の教室ぜーんぶに、「たいくつ」が目に見えない霧《きり》のようにただよっている。

外は、雨だ。昨日も、おとといも、ずーっと。

「梅雨《つゆ》って、つまんねーな」

隣《となり》の席でマンガを描《か》いて遊んでいたタッチが言った。

「雨の日って、昼休みは半分でいいと思わない？　その代わり、晴れた日の昼休みの時間が延びるわけ。ツヨシが児童会長になったら、先生に頼んでみろよ」

「なに言ってんだよ」

あきれて笑った。

ぼくたちの学校では、児童会長の選挙は毎年十月におこなわれて、五年生が立候補することになっている。ぼくたちの出番は来年だし、クラス委員でも大変なのに、児童会長なんて、考えただけでもうんざりする。

「あーあ、ツヨシが今年いきなり児童会長になってくれたら、オレらも助かるんだけどなあ……」

その気持ちはわかる。

今年の五年生と六年生は、ほんとうにイバッてる。今日だって、さっきまでぼくたちは体育館で遊んでいたのに、あとから来た五年生や六年生に「どけどけ！」と場所を取られてしまった。いくら上級生でもひどいと思う。ぼくらが上級生になったら、絶対にそんなことはしない……と思うけど……。

「おい！ ヤバいぞ！」

廊下《ろうか》で遊んでいたジャンボが教室に駆《か》け戻ってきた。

「ガムガム団が来たーっ！」

六年生のいじめっ子トリオ・ガムガム団が、たいくつしのぎに四年生の教室を回っているらしい。

「二組のシノちゃん、泣かされてるんだって！」

ヤバい、ほんとに。

教室にいたみんなは次々に後ろの出口から逃げ出して、ぼくとタッチもあわてて席を立った。

でも、廊下に出る寸前、「なにやってんだよ、そこの二人！」と呼び止められた。

ガムガム団が教壇に立っていた。

リーダーの黒田くんを真ん中に、右に榎本《えのもと》くん、左に戸山くん。三人とも同級生の中ではショボいくせに、下級生にはイバりまくる。それも、五年生だと負けるかもしれないし、三年生以下だとすぐに先生に言いつけるから……と四年生をいじめる。セコい。サイテーの上級生だ。

「おまえら、いま、逃げようとしてたんだろ」

黒田くんは、「こっち来いよ」とぼくたちを手招《てまね》いた。

ぼくは思わず教室を見回した。マコトはいない。また、いつものように昼休みは一人で過ごしているのだろう。

「おまえとおまえだよ、早くこっちに来い！」

タッチは早くも「どうしよう、どうしよう」とぼくにしがみついている。

ぼくだって、どうしていいかわからない。とっさにマコトを探したのは、あいつなら助けてくれるんじゃないかと思ったから――よく考えたら、自分でもちょっと情けなかったけど。

「それでは、いまからスペシャル持ち物検査をしまーす！」

　ねらいをつけた子の机やランドセルの中をひっかきまわして、気に入ったものがあったら「没収《ぼっしゅう》ーっ」と勝手に持っていくのが、ガムガム団のいつもの作戦だ。

　今回のターゲットは、ぼくとタッチ。榎本くんはタッチの席、戸山くんはぼくの席へ向かう。

　まずい。机の中には『ケンスケくん』が入っている。

　でも、ぼくの目の前には黒田くんが立ちはだかっている。六年生の中では弱っちくても、やっぱり怖い。パパはよく「おとなになったら、歳《とし》の一つや二つの違いなんて関係ないよ」と言うけど、小学生にとって学年が二つ違うというのは、すっごく大きいのだ。

「おおーっ、なんだよ、これ！」

　戸山くんが『ケンスケくん』を指にはめて、「こんなの学校に持ってきていいのかよー、没収だ、没収ーっ」と言った。

　やめろ――。

奪《うば》い返したいけど、身動き取れない。

「ヘンな人形だよなあ、なんだよこれ、カッコ悪ーうっ」

パパが作ってくれた人形なのに。

マコトの持ってる『ヒロカズくん』とおそろいの、世界で一つしかないオリジナルなのに……。

「捨てちゃえ、捨てちゃえ」と榎本くんが言った。

やめろ――。

怒鳴《どな》りたいけど、声が出ない。

黒田くんは意地悪なニヤニヤ笑いを浮かべて、「窓から投げちゃおうぜ」と言った。

教室は二階。外は、雨の降りしきるグラウンド。

やめてよ、お願い――。

まぶたの裏が急に熱くなった。泣きそうだ。でも、こいつらの前で泣くなんて、そんなの、絶対にイヤだ。

戸山くんは窓を開けて、ぽーん、と『ケンスケくん』を放《ほう》り投げた。

教室にいた女子の何人かが「ひっどーい！」と声をあげたけど、黒田くんは知らん顔して、今度はタッチをにらみつけて言った。

「では、身体測定やりまーす」


ガムガム団は、その名前どおり、靴の裏に貼《は》りついたガムのように、とにかく、しつこい。

「ほら、おまえ、身体測定なんだから、服、脱げよ」

黒田くんに命令されたタッチは、泣きだしそうな顔で、えへへっ、と笑ってごまかそうとした。

でも、それで許してくれるようなヤツらじゃない。女子の見ている前でパンツ一丁にして、脱いだ服を「おーい、パス！」と三人で放り合ってなかなか返さない。

「早くしろよ！　ぶっとばすぞ！」

黒田くんがゲンコツをふりかざすと、タッチは「ひゃいっ！」と身震《みぶる》いして、涙の浮かんだ目でぼくを見た。

ツヨシ、助けて——。

わかってる。ぼくだって助けてやりたい。でも、とにかく、六年生はおっかなくて……。

「ちょっと! 六年生!」

廊下から、女子の声が聞こえた。おツボネさまだ。

「先生に言うよ!」

おツボネさまは気が強いから、こういうときにはガムガム団相手にもひるまない。

でも、黒田くんはへへーンと笑って、「じゃあ、外でやるか」とタッチの肩を小突《こづ》いた。「廊下で脱げよ、半パンも」

タッチの頬《ほお》を涙が伝う。いつも陽気でギャグばかり言ってるタッチが、顔を真《ま》っ赤《か》にして、ヒックヒックと泣きだした。

「自分で脱げないんなら、オレが脱がせてやるよ」

黒田くんはそう言って、タッチにつかみかかろうとした。

もう、許さない——。

「やめろよ！」

ぼくは思わず叫《さけ》んで、黒田くんに体当たりした。

これで黒田くんが転んでくれれば、その隙《すき》にタッチと一緒に逃げるつもりだった。

でも――黒田くんは、ちょっとよろめいただけで、すぐに体勢を立て直し、ぼくの腕をつかんだ。

「四年生のくせに生意気だな、おまえ……」

榎本くんや戸山くんも集まってきた。三人対一人。しかも、六年生対四年生。勝てっこない。

ごめんなさい、ごめんなさい、ごめんなさい……。

声が出そうになる。でも、そんなの、ほんとうは言いたくなくて……悔しくて、悲しくて、怖くて……涙が出そうになって……。

そのときだった。

ムササビが廊下のほうから飛んできて、黒田くんの顔にあたった。

「うわわっ！」

不意をつかれた黒田くんは、ぼくの腕から手を離した。

違う！　これ、ぞうきんだ！

誰かが濡《ぬ》れたぞうきんを丸めて教室に投げ込んだのだ。

ぞうきんは空中でパラシュートみたいに広がって、黒田くんの顔にべったりと張りついた。黒田くんはあわてて払い落とそうとしたけど、あせっているせいで、濡れたぞうきんはなかなか離れない。

「早く逃げて！」

廊下から声が聞こえた。

マコト――。


二枚目のぞうきんを、マコトは豪快《ごうかい》なピッチングフォームで教室に投げ込んだ。今度は榎本くんの顔にみごとに命中！

さらに、ジャンボが「ほいっ」と手渡す三枚目のぞうきんを受け取ると、戸山くんの顔にもストライク！

「ツヨシ！　早く！」

マコトは、こっちこっち、と手振りでぼくを呼んだ。

ぼくもすばやくタッチの手を取って、廊下に逃げ出した。

「オレが呼んできたんだぜ」とジャンボが得意そうに言った。

「そんなのどうでもいいから、ぞうきん、もっと！」

マコトはぼくに目も向けずに、四発目の『ぞうきん爆弾《ばくだん》』をつかんで身がまえた。

ようやく顔のぞうきんをはずした黒田くんに、またもや、ぞうきんをぶつける。

今度もまた、みごとなストライク。

ビチャッと水が飛び散り、目と鼻がふさがれた黒田くんは、うわっ、うわわっ、うわわわっ、と尻《しり》もちをついて転んでしまった。

「出て行ってよ！　この、いじめっ子の弱虫トリオ！」

なんだとお……と反撃態勢に入ったガムガム団は、でも、次の瞬間、ひえええっ、とおびえたように身をすくめた。

五発目の『ぞうきん爆弾』は、マコト一人が用意しているわけじゃなかった。廊下にいた全員が、ぞうきんを持って身がまえている。

バケツに山盛りのぞうきんを入れたジャンボが、ほいっ、ほいっ、とみんなに配ったんだ。

おツボネさままで、「なによ、ばっちいなあ、手が汚れちゃうじゃない……」とぶつくさ言いながらも、『ぞうきん爆弾』を受け取っている。ぞうきんはクラス全員が一枚ずつ持ってきているから、合計三十六発の『ぞうきん爆弾』がある。隣の四年二組のぶんを加えたら、七十発――あざやかな逆転劇だった。

ガムガム団が「おぼえてろよ！」と捨てぜりふを残して逃げ出すと、ぼくはダッシュでグラウンドに向かった。

タッチも「みんなで探しに行こう！」と言ってくれた。

「いいよ、悪いから……」

「なに言ってんだよ、ツヨシはオレの命の恩人《おんじん》なんだからさ」

大げさなこと言っちゃって。それに、ほんとうの恩人はマコトなんだけど……。

十人以上の同級生が、降りしきる雨の中、傘《かさ》を差して『ケンスケくん』を一緒に探してくれた。おツボネさまのグループは、マコトの作戦を手伝ったのがだんだん悔しくなったのだろう、「あーあ、手、石けんで洗わなきゃ」と洗面所に向かったけど、でも、あの子が最初にガムガム団に文句を言ってくれたこと、ぼくは忘れない。

「あった！　これだろ、ツヨシの指人形って」

水たまりに落ちていた『ケンスケくん』を、ヒロスケが見つけた。

よかった。ほっとして『ケンスケくん』を指にはめると、「おーい」と、マコトが指にはめた『ヒロカズくん』に呼ばれた。

「よかったなあ、相棒」

男の子の声をつくったマコトは、いつものようにそっけなく言った。

ぼくは『ケンスケくん』におじぎさせて、さっき言えなかったことを、言った。

「ありがと！」

なんだか急に照れくさくなって空を見上げた。梅雨空はあいかわらず雲でおおわれているけど、ビミョーに空の色が明るくなったように見える。

明日は、晴れるといいな……。

第7話　夏休みの大事件

「ねえ、デートしようよ」

　マコトに誘《さそ》われた。

　夏休み初日の午後――家で宿題をしていたら、いきなり「ツヨシくんいますかーっ?」とマコトがやってきた。で、玄関でぼくの顔を見るなり、そう言ったんだ。

　ドキッとした。

　だって、そんなの……あたりまえだ……デートだなんて……。

　あわてるぼくを見て、マコトはフフッと笑った。

「言い間違えちゃった」

「はあ?」

「プール行こう、って言いたかったの。あと、コーチして、とか」

プールとコーチがごっちゃになって、デートになった——？

ワケのわからない話だった。おまけにオチがわかっても、全然つまんないし。

でも、そんな空振りのギャグを言ってぼくを誘ったマコトの気持ちは、なんとなくわかる。素直《すなお》には言いたくないんだろうな、とも思った。

「ちょっと、なにボーッとしてるの？　プール行くんでしょ、早く支度《したく》して、ダッシュで行こうよ」

ほら、こんなふうに短気っぽく言うところだって、照れ隠《かく》しっていうか強がりっていうか……。

でも、しょうがない。

スポーツ万能のマコトにとっては、生まれて初めて味わうクツジョクの夏なんだから。

あのマコトが泳げないなんて、ぼくたちだってびっくりしたんだから……。

今年の夏は梅雨《つゆ》が長引いたせいもあって、一学期はほとんど水泳の授業ができなかった。もうすぐ終業式って頃《ころ》になって、ようやくプール開き——その日は、泳げる距離によってグループ分けをした。

まず、二十五メートル以上泳げて、プールをターンできる子が集まった。これが『ターン組』。そこからさらに、スタート台から飛び込める子が分かれて、『飛び込み組』になる。

二十五メートルが泳げない子も、三つのグループに分かれた。長方形のプールの短いほうの端から端まで——十二メートルを泳げる子は『十二メートル組』になる。それはちょっとキツいなっていう子は『クロール特訓組』で、まだバタ足しかできない子は『バタ足組』になって、ビート板がないとバタ足もできない子は『ビート板組』……。

一年生の頃はクラスのほとんどが『ビート板組』だったけど、二年生、三年生と学年が上がるにつれて、みんなも泳げるようになってきた。

今年は——。

「はい、じゃあ、自分の泳げるグループに入ってくださーい！」

中山先生に言われて、ぼくたちはそれぞれのグループに分かれた。

さすがに四年生になると、クラスの半分以上は『ターン組』と『十二メートル組』だった。水泳が得意じゃない子も『クロール特訓組』と『バタ足組』に入った。もう、『ビート板組』なんて誰もいない……はずだったのに……。

プールサイドが急にざわついた。

みんなのグループからぽつんと離れて、ビート板を小脇《こわき》に抱いて立っている子が、一人いた。

それが、マコトだったんだ。

「ほんと、びっくりしちゃったなあ。この学校って、なんでこんなにみんな泳げるわけ?」

セミしぐれを聞きながら学校に向かう途中、マコトは悔しそうに言った。転校してくる前の学校では、ビート板を使う子が五、六人いたんだという。

「わたし一人なんて、あーあ、カッコ悪いよーっ」

水着やバスタオルの入ったビニールバッグを振り回して、くちびるをツンととがらせる。

「ここは海も近いし、市民プールで水泳教室なんかもあるから」と、ぼくは言った。

「ツヨシが『飛び込み組』に入ったのも、水泳教室で練習したからなの？」

「ううん、オレは、去年の夏休みにパパと二人で特訓したから、なんだけど……」

言ったあと、背中がひやっとした。お父さんのいないマコトにそんなこと言うの、かわいそう、だったかも――。

でも、マコトはあっさりとした様子で「そっか、いいなあ、パパがいるとコーチしてもらえて」と言った。

「……ごめん」

「なにが？」

「だって……お父さんのこと……」

しょんぼりしたぼくの背中に、マコトはビニールバッグを軽くぶつけた。笑っていた。そして、ちょっとぼくをにらんでいた。

「気をつかうことないって。『かわいそう』とか、そんなの思われるほうがイヤだから」

「……うん」

「悪いと思ってるんだったら、ちゃんとコーチしてよ。夏休みのうちに、ぜーったいに『飛び込み組』にならなきゃだめだから」

「ちょっと、それはキツくない？」

「いーのっ！　番長命令っ！　もしもできなかったら、コーチの責任だからねっ！」

そんなぁ……。

マコトの特訓はつづいた。

はっきり言って、わがままだと思う。もっとはっきり言っちゃえば、ちょっとメーワクもしてる。こっちだって夏休み前に立てた予定があるんだし、男子と女子が二人でプールに行って、二人で水泳の特訓をするなんて……やっぱり、そういうの、デートって感じだし……。

タッチやジャンボは、プールで一緒になるたびに「ひょうひょうっ！」「あっつーいっ！」と冷やかしてくる。女子も、マコトのバタ足練習に付き合うぼくを見て、みんなでクスクス笑いながら、ないしょ話をする。

でも、マコトは、まわりのことなんかちっとも気にしていない。息継《いきつ》ぎに失敗して立ってしまうたびに、ぬれた顔を悔しそうに両手でふいて、「もう一回！」「もう一回！」「もう一回！」……。

ほんとうに負けず嫌いなヤツだ。他人に負けるのがイヤなんじゃなくて、自分が「こうやりたい」と思ったことができないのが悔しくてしかたないみたいだ。

「あー、また失敗。なんで息継ぎがうまくできないのかなあ」

「顔を上げたときに足が止まっちゃうからだめなんだよ。ずっとバタ足つづけてなきゃ」

「わかってるよ、わかってるけど止まっちゃうんだもん……」

「あと、マコトは体ごと起こして息継ぎしてるけど、上げるのは顔だけでいいんだよ」

「わかってるってば！」

目に悔し涙が浮かんでるときだって、ある。

「ツヨシの教え方がへたなんじゃないの？　もっと、ちゃんと教えてよ！」

やつあたりだ、そんなの。

ぼくだって言い返す。

「こっちの教えたとおりにやらないから泳げないいんだよ！」

「コーチがへたなの！」

「マコトがへたなんだよ！」

「もういいっ！　明日からは一人で特訓するから！」

なんて、ケンカっぽく別れちゃうときもある。

でも、次の日には、やっぱりマコトはウチに来て玄関のチャイムを鳴らす。

ぼくも、「なんだよ、こっちもいそがしいのに」と言いながら、ビニールバッグに水着とバスタオルを入れる。マコトのために図書館で『スイミング入門』を借りてきたこと、あいつにバレなきゃいいけど……。

「それで、マコトくん、ちょっとは泳げるようになったのか？」

晩ごはんのとき、パパにきかれた。八月――お盆《ぼん》休みに入る前のことだ。

「うん、まあね」

照れくさかったから最初はテキトーに答えたけど、じつを言うと、マコトのがんばりはすごかった。

七月いっぱいはバタ足の息継ぎがちっともできなかったのに、八月に入るとコツをおぼえたのか、ぐんぐん前に進めるようになった。

今日なんて、プールの短いほうの端から端まで、あとちょっとで泳ぎきるところだった。バタ足だけで『十二メートル組』に入る子なんて、五年生にもいないかもしれない。

「そうか、たいしたもんだなあ。さすがヒロカズの一人娘だ。根性《こんじょう》があるんだよ」

パパは感心して、ママも横から「『継続《けいぞく》は力なり』って、まさにこのことよ。ツヨシもお手本にして、算数がんばりなさい」——って、チクッとお説教までする。

でも、やっぱりマコトってすごいよなあ、と素直に思う。泳げるようになったことがすごいというより、泳げなくても泳げなくても「もう一回！」とあきらめずにやりつづけたことが……ぼくには無理かもな、そういうの。

「じゃあ、バタ足はもう卒業して、そろそろクロールをおぼえたほうがいいんじゃないのか？」

「うん……」

そこなんだ、問題は。

バタ足は、ぼくが持ったビート板をマコトが両手でつかんで足の動かし方を練習することができた。ほんとうは手を直接つないだほうが練習しやすいんだけど、そんなの恥ずかしいし、ジャンボたちに絶対に冷やかされちゃうし。

でも、クロールは、そういうわけにはいかない。『スイミング入門』には、「コーチが水の中に両手を入れて選手のおなかを支えて、腕の振り方や息継ぎを練習するように」と書いてあるけど、マコトのおなかを手で支えるなんて……想像しただけで、顔が真っ赤になってしまう。

パパは、そんなぼくの気持ちを見抜いたのかどうか、のんびりした声で言った。

「クロールは、パパが教えてやろうかなあ」

「え?」

「次の日曜日、海水浴に行こう。マコトくんも誘ってみろよ」

「……ええーっ」

「待て待て、もっと乗れるよな、ウチの車」

わが家のマイカーは、ほんとうは仕事のひとが使う七人乗りのバンだ。三人家族なのに大きな車なんてもったいない、とママやぼくは思うけど、パパに言わせると「大きな車は、オトナのコドモ心をくすぐるんだ」だって。

「えーと、ウチが三人だろ。マコトくんを乗せて四人だろ。ってことは残り三人だから……」

「パパ、男子の友だちも誘っていい？　ほら、ジャンボとかタッチとかハマちゃんとか」

ぼくはあわてて言った。だって、そうだろ？　両親と出かける海水浴に女子の同級生だけを誘うなんて、そんなの、そんなの……うわっ、また顔が赤くなってきた。

「いいでしょ？　いいでしょ？　友だち呼ぶよ、いいよね？」

「うん、それはいいけど……なんだ、せっかくマコトくんとデートさせてやろうと思ってたのに」

そんなこと言わないでよ、パパ。

「ツヨシもほんとは邪魔者《じゃまもの》がいないほうがいいんじゃないの？」

ママまで、なに笑ってるんだよぉ、やめてよぉ……。

でも、パパはふとまじめな顔になって、付け加えた。

「マコトくんち、おばあさんのお世話があるから、夏休みでもどこにも遊びに行ってないんだろ?」

ママも、笑いをひっこめた顔で「お母さんも毎日仕事だって言ってたからね」とつづけた。

あ、そうか……と気づいた。

マコトが毎日プールに通いつづけたのは、泳げるようになりたいからだけじゃなくて、夏休みのイベントが他になにもないから、だったのかもしれない。

そんなわけで、次の日曜日、ぼくたちを乗せたバンは朝早く出発した。

三列シートの一番後ろには、ジャンボとタッチとハマちゃん。二列目のシートには、ぼくとママが座った。

そして、運転するパパの隣《となり》にはマコト——ママが「マコトくんは助手席に座りなさいよ」と決めた。

いつもはそっけないマコトなのに、今日はとてもご機嫌《きげん》で、パパに「おじさん、

「お茶飲みますか？」「キャラメル食べますか？」なんて、しょっちゅう話しかけていた。お父さんとのドライブに、やっぱり、あこがれてたんだろうな……。

バンは海に向かって快調に走っていった。

ぼくたちは、まだ知らない。

この海水浴が、夏休み一番の大、大、大イベント……っていうか、大、大、大事件になっちゃうってことに……。


海水浴場は、駐車場が満杯になるほどのにぎわいだった。

「やっぱり、夏休みの日曜日だから混んでるなあ……」

海の家で借りたビーチパラソルを砂浜に立てたパパは、海からあがったときすぐに見分けられるよう、パラソルのてっぺんにタコの風船をつけた。

頭にハチマキをして、どんぐりまなこに八本の足がクルッと曲がった、マンガみたいなタコだ。空気より軽いヘリウムガスが入っているので、風がなくても、タコはふわふわ浮き上がる。

タコを結んだヒモはとても長くて、見る見るうちにタコは大空に舞《ま》い上がった。

空にあげるタコと生き物のタコをダブらせているんだろう。

「どうだ、これなら迷子にならないだろ。おじさんの会社で開発中の新製品なんだ。『タコ八くん』っていうんだけど、かわいいだろ」

パパは得意そうに言ったけど、ジャンボやタッチやハマちゃんには「なにこれ」「カッコ悪ーい」「まわりのひと、みんな笑ってるよ！」と言われてしまった。

がっくり――と、音が聞こえそうなほど、パパは落ち込んでしまった。「デザインがよくないのかなあ、自信作だったんだけどなあ……」としょんぼりして、パラソルに結んだヒモをほどきはじめた。

ぼくも、正直言って、『タコ八くん』はちっともかわいくないと思う。でも、せっかくの新製品をあんなふうに言われると……やっぱり、パパがちょっとかわいそうになってきた。

と、そのとき――。

「うわあ！　このタコ、かわいーいっ！」

更衣室《こういしつ》で水着に着替えてきたマコトが、声をはずませた。

パパの表情は、パッと明るくなった。「そうか、マコトくん、わかってくれるか！」とヒモを結び直すと、『タコ八くん』も急に元気を取り戻して空に舞い上がる。

「男子のみんなには評判が悪かったんだよ。だから、マコトくんにほめてもらって救われたなあ」

パパがうれしそうに言うと、マコトはフフッと照れくさそうに笑って、「この子たち、センスないんだもん」と、ぼくたち男子グループを軽くにらんだ。

プールと違って、海は「泳ぐ」ことだけが楽しいんじゃない。浮き輪につかまって、波に揺られているだけでも、なんともいえず気持ちいい。

ところが、ジャンボたちは、「つまんねえよ、浮かんでるだけだと」と文句を言いだした。

「もっと、ガーッと、めいっぱい泳ぎたいんだけどなあ」「ひとが多すぎるんだよ」「ちょっと泳ぐと、すぐにぶつかっちゃって、これじゃ温泉の露天風呂《ろてんぶろ》とおんなじだよ」……。

ついさっきも、クロールをしていたハマちゃんが、知らないお兄さんとぶつかって「おい、あんまり水をバチャバチャさせるなよ」と叱《しか》られてしまった。ジャンボは誰かの投げたビーチボールが頭に当たったはずみで塩水を飲んでしまったし、せっかく家からゴムボートを持ってきたタッチも、オールでぐいぐい漕《こ》ぐことができずに、つまらなそうだ。

「たしかに、今日はやたらとひとが多いよなあ……」

ぼくがうなずくと、ジャンボは「だろ？」と言って、「だからさ、オレ、いいアイデアがあるんだけど」——いたずらっぽく笑って、「この先、遊泳禁止」の赤いブイを指差した。

「ブイの向こうで泳ぐと、ひとが少なくていいだろ」

「だめだよ！」

ぼくはすぐに首を横に振ったけど、ジャンボは「だいじょうぶだいじょうぶ、沖のほうに行かなかったら平気だよ」と言った。

「でも、だめだって」

「向こうで泳いでるヤツもいるだろ、ほら、あそこ」

確かに、お兄さんたちのグループがいる。ボートから海に飛び込んだり、もぐったりして、楽しそうに遊んでいる。

でも……。

ぼくは思わずパパを振り向いた。


パパはぼくたちから離れた波打ち際《ぎわ》にいた。ママとマコトと三人で、砂の城をつくって遊んでいる。

「今日は、おじさんは一日中、マコト番長の子分だからな！」と最初に約束したとおり、泳ぐときも砂浜で遊ぶときも、ずーっとマコトに付き合っている。

気持ちは、わかるんだ。

今日一日、パパはマコトのお父さんのピンチヒッターをつとめるつもりなんだろう。そして、ママも、仕事が忙《いそが》しいマコトのお母さんのぶんも、マコトとたーっぷり遊んでいる。

マコトもすごくうれしそうだ。学校ではいつもムスッとしているのに、楽しそうに、ニコニコ笑って……あいつって、意外と子どもっぽい顔で笑うんだな……。

「なあ、ツヨシ、どうするんだよ。あっちに行こうぜ」

ジャンボに声をかけられて、ぼくはまた三人に向き直った。

タッチとハマちゃんも、「だいじょうぶだよ、ボートでパッと行ってパッと戻ってくればいいじゃん」「ちょっとぐらい冒険《ぼうけん》しないと面白くないだろ」と言う。

そして、ジャンボが、とどめの一言――。

「オレたち、もう四年生なんだから、ほんとうはツヨシの父ちゃんに連れて来てもらわなくても、べつによかったんだぜ」

そんなのウソだ。学校で配られたプリントには「子どもたちだけで海に泳ぎに行ってはいけません」と書いてある。

でも、ジャンボたちはすっかり盛り上がって、「行こうぜ」とゴムボートを押して泳ぎはじめた。

「ツヨシがいなくてもいいよ、オレたちだけで行くから」「じゃあなー」「冒険できないおくびょう者は、父ちゃんや母ちゃんに遊んでもらってろよ」……。

ぼくはまた、パパを振り向いた。

パパはぼくが見ていることにも気づかず、マコトと水をかけ合って、おかしそうに、うれしそうに笑っていた。

パパの気持ちは、わかるんだ、ほんとうに。ママの気持ちだって。

だけど——。

うまく言えないけど、なんだか、そういうのって……。

ぼくはジャンボたちに言った。

「オレも行くから！」

二人乗りのゴムボートに、タッチとハマちゃんが乗って、オールを動かした。体の大きなジャンボと水泳の得意なぼくは、ボートを後ろから押しながら泳いだ。

海水浴場の人混みから、ボートは少しずつ遠ざかっていく。

だれか見つけてくれればいいのに——と、ぼくは思っていた。監視台《かんしだい》にいる救助員《きゅうじょいん》のお兄さんが笛《ふえ》を吹いて、「あっちに行っちゃだめだよ！」と注意してくれれば……ちぇっ、しょーがないなあ、って感じで引き返せる。

でも、とにかく海水浴場は混み合っていて、お兄さんたちも忙しそうで、近くにいるオトナもみんな自分の遊びに夢中で、気がつくと、ぼくたちはもうブイのそばまで来ていた。

「よーし、越えちゃえ！」

「ひゃっほーい！」

「冒険、開始ーい！」

ブイを、越えた。

ぼくはボートから手を離し、立ち泳ぎしながら浜辺を振り向いた。

パパやママの姿は、もう、ここからだと遠すぎて見分けられない。

でも、いいや。

どうせ二人ともマコトと一緒に楽しく遊んでるんだから。

ちらっと空のほうに目をやると、『タコ八くん』が浮かんでいた。

やっぱりダメだよ、あんなデザインじゃ、ぜーったいにヒットなんかしないよ……。

「おい、ツヨシ、サボるなよ！」

ジャンボに言われて、ごめんごめん、とボートに戻った。ちょっと手を離しただけなのに、意外とボートは遠くまで進んでいた。

潮《しお》の流れが、思っていたより速い。帰るときは潮の流れに逆《さか》らう格好になるから大変かも……このあたりは、もう足も届かないぐらい深くなってるはずだし……。

ちょっと不安になって、「そろそろ戻らない？」とみんなに言おうとした、そのとき――。

ジャンボの悲鳴が聞こえた。

「痛いっ！　いたたたたたっ、足がつっちゃった！」

ジャンボは苦しそうに両手をばたばたと動かした。

「おぼれる！　ヤバい！　助けてぇ……ゴボゴボッ！」

「ジャンボ！　つかまれ！　ほら！　早く！」

ボートの上からタッチとハマちゃんが手をひっぱり、ぼくも後ろからお尻《しり》を押して、なんとかジャンボをボートに乗せた――と、ほっとしたのもつかの間、今度はボートが沈《しず》みそうになった。

「定員オーバーだよ、一人降りなきゃ！」

しかたなく、タッチが海に飛び込んだ。でも、おぼれかけて水を飲んでしまったジャンボはぐったりして、ボートに寝ころんだきり、起き上がることができない。

「ハマちゃん、おまえも降りろ！」

「えーっ？　でも、足が届かないだろ、ここ」

「そんなこと言ってる場合じゃないだろ！　早く戻らないと……」

ボートはどんどん潮に流されていく。万が一、岬《みさき》の向こう側に行ってしまったら、浜辺から見つけてもらうこともできない。

「タッチ！　ハマちゃん！　こっちに回ってボート押して！」

三人がかりでボートにつかまり、バタ足で引き返したけど、ジャンボが重すぎて、なかなか前に進まない。おまけに、泳ぎが得意じゃないハマちゃんは、ボートのロープにつかまるのがやっとだった。

「ハマちゃん！　しっかり両手でロープにぎってて！」

「……そんなこと言ったって……オレ、もうダメ……」

「だめだよ！　がんばれ！」

とは言いながら、ぼくもバテバテだった。目に塩水がしみて、痛くてしかたない。泳ぎ疲れた両足も急に重くなった。

ごめんなさい、パパ、ママ、ごめんなさい……。

涙が出てきた。

マコトにパパやママを取られたみたいで寂《さび》しかったんだ、だからこんなことしちゃって……ごめんなさい……ごめんなさい……。

誰かがぼくを呼んでいる。

え――？

息苦しいのをがまんして顔を上げると、救助員のお兄さんが漕ぐボートが、猛スピードでこっちに向かっていた。

助かったぁ……。

でも、ぼくを呼ぶ声は、まだ聞こえる。

パパだ――！

パパが、一人で、ボートよりずーっと遅れて、泳いで助けに来てくれたんだ。

「ツヨシ！　いま行くぞ！　がんばれ！　あとちょっとだ！」

そのときのパパの顔、ぼくは絶対に、一生忘れない。

だって……ほんとに、すっごくカッコよくて、たのもしかったんだから……。

やっと、足の届くところまで戻ってきた。

浜辺では、ママとマコトが待っていた。ママはぷんぷん怒りながら、でもホッとしたように涙ぐんでいた。

そして、マコトは――。

「なにやってんのよ！　あんたたち！」

おっかない顔でぼくたちをにらんでから、波打ち際をダッシュして、勢いよく海に飛び込んだ。

迎えに来てくれた。

泳いでる！　泳いでるよ、マコト！　すごいっ！

息継《いきつ》ぎに失敗して、二、三メートル進んだところで足をついたけど、確かにマコトは泳いだ。初めて、クロールで泳いだんだ。

歩いて岸に向かったぼくは、マコトと向き合った。

「バーカ……心配させないでよ」

「……ごめん」

「ツヨシにはせっかくパパがいるんだから、パパに悲しい思いをさせちゃったら、ぶっとばすからね」

マコトはパンチをぶつけるまねをして、エヘヘッ、と笑った。

「海の水って、目にしみるね」

ごまかさなくていいって。

ほんとに。

マコトが泣くと、ぼくまで……なぜだかよくわからないけど、ぼくまで……。

向き合ったまま、泣きながら笑うぼくたちを、『タコ八くん』がどんぐりまなこで見つめていた。

第8話 ゆかたのマコト

「ご先祖さまが来てくれるときには、これに乗るの」

おばあちゃんがキュウリの馬を見せてくれた。一本まるごとのキュウリにマッチ棒を四本刺して前脚《まえあし》と後ろ脚にしただけなのに、キュウリが曲がっているので、ほんとうに馬が首を伸ばしているように見える。

「いまお店で売ってるキュウリって、みーんなまっすぐでしょ？　それじゃだめなのよ、お馬さんにならないの。これは知り合いのおばあちゃんが庭でつくってるのをもらってきたの。昔のキュウリみたいに、いい具合に曲がってるよねえ」

おばあちゃんはミョーな自慢をして、昔はもっとすごかったんだから、と得意そうにつづけた。

「昔はトウモロコシの毛をつけてしっぽにしたり、アズキで目をつけたり、ナンテンの葉っぱを刺して耳にしたり、そうそう、サヤエンドウを鞍《くら》にするの……おばあちゃんが子どもの頃は、それをつくるのが楽しみでねえ……」

おばあちゃん――と言っても、ぼくのおばあちゃんじゃない。

マコトのおばあちゃんだ。

今日は八月十三日。「みんなでマコトくんの家に行こうか」と朝になってパパに誘われた。

マコトのお母さんに招待されたらしい。

「今日はお盆《ぼん》の迎え火をたくから、一緒に晩ごはんでもどうですか、って言われたんだ。せっかくヒロカズが帰ってくるんだから、パパも会いたいよ」

「帰ってくる、って？　あと、迎え火ってなに？」

きょとんとするぼくに、パパは「そういうところをちゃんと教えてこなかったのは、よくなかったなあ……」と顔をしかめた。

そんなこと言われたって。

ウチのおじいちゃんとおばあちゃんは、ここよりもっと田舎《いなか》の、おじいちゃんの生まれ故郷にいる。「老後は生まれ育った町で過ごしたい」と言って、ぼくがまだ赤ん坊の頃に引っ越してしまった。お正月にはみんなで遊びに行くけど、夏休みは「お盆は車が混むから」という理由で七月のうちに里帰りをすませるので、ぼくはまだ、パパの言う「正しいお盆」ってやつを知らなかった。

お盆には、亡《な》くなったひとのタマシイがわが家に帰ってくる。お盆が始まる八月十三日に「ウチはこっちですよ」と火をたいて目印にするのが迎え火で、お盆が終わった十六日に「気をつけて帰ってください」と火をたくのが送り火なんだって。

そんなわけで、いま、ぼくたちはマコトの家にいる。

今日は体調がいいんだというおばあちゃんに、手作りのお供《そな》えものを見せてもらっているところだ。

「こっちは、ご先祖さまが帰っていくときに乗るの」

ナスの牛――キュウリと同じように　マッチ棒が刺してある。

「なんで行きと帰りで乗るものが違うの？」

ぼくが聞くと、おばあちゃんは、いいところに気がついたねえ、というふうに笑った。しわくちゃの顔が、笑うともっとシワシワになる。

「ウチに帰ってくるときは、ご先祖さまも少しでも早く帰ってきたいはずだから、お馬さん。向こうに帰っていくときは、ゆっくり、ゆっくり、別れを惜《お》しみながら帰ってほしいから、牛さんに乗ってもらうの」

なーるほど。

昔のひとって、そういうことまで考えていたんだ。

「優しい考え方をしてるよなあ」とパパも横から言った。まだ夕方なのにビールを飲んじゃって、早くも顔が赤くなっている。顔だけじゃなくて、目も赤い。

「ヒロカズは、もう向こうを出たかなあ……」

「あの子はのんきだから、まだぐずぐずしてるのかねえ」

「よく寝坊してたもんなあ」

「起こすと目を開けるんだけど、またすぐに寝ちゃうのよねえ」

「わかるわかる、授業中の居眠りでもそうでしたよ」

パパもおばあちゃんも、なつかしそうに思い出話をする。パパの顔は少しずつ子どもに戻っているみたいだ。お盆には、昔の思い出も帰ってくるんだろうか。布《ふ》団《とん》から出るのはひさしぶりだというおばあちゃんが、こんなに元気で楽しそうなのも――お盆だから、なんだろうか……。

なんて、ぼくまでしんみりしていたら、その雰囲気をぶちこわすように、襖《ふすま》の向こうから「やだってば、絶対やだよ、こんなの！」とマコトの声が聞こえてきた。

「似合うわよ、かわいいじゃない」

「サイズもぴったり」

マコトのお母さんとウチのママが、二人で笑いながら言う。

「わたし、半パンのほうがいいっ、もう脱《ぬ》ぐっ」

ぷんぷん怒るマコトを、二人は交互に説得していた。

「そんなこと言わないの、マコト」「せっかくお盆なんだから」「そうよ、お父さんが帰ってくるんだから、見せてあげなきゃ」「お父さん、びっくりして、喜ぶわよ、絶対」……。

マコトは黙《だま》ってしまった。どうやら「お父さん」の一言が決め手になったらしい。

襖が開いた。

ゆかたを着たマコトが、ちょっとすねた顔をして立っていた。

日が暮れるまで、パパはヒロカズさんの思い出話をとぎれることなく話しつづけた。どんどん出てくる。いつまでたっても終わらない。ヒロカズさんと仲良しコンビを組んでいた小学校時代を、まるごと再現しているみたいだ。

「よく覚えてるわよねえ」「ほんとほんと」と、マコトのお母さんとママは感心した顔でうなずき合っていた。

「やっぱり研究者だから、記憶力がいいのねえ」――おばさん、ちょっとほめすぎかも、それ。

「精神年齢が子どもっぽいだけよ、そんなの」――ママのほうが正しい。

でも、それにしてもよく覚えてる。

よっぽど仲が良かったんだな、パパとヒロカズさん。

ジャンボやタッチの顔を思い浮かべた。あいつらのこと、ぼくはオトナになっても、あんなにたくさん話せるだろうか……。

おばあちゃんはみんなと同じ部屋に敷いてもらった布団に横になって、パパの話をにこにこしながら聞いている。うれしそうだ。でも、寂《さび》しそうでもある。

それはそうだ。だって、ヒロカズさんは、おばあちゃんにとっては息子ってことで、もしもぼくがママよりも先に死んじゃったら、ママは絶対に、何年たっても悲しむだろう。

もちろん、ぼくだって、もしもパパやママが……。

マコトをちらりと見た。

さっきから、マコトは黙ってマンガを読んでいる。ゆかたの裾《すそ》や襟元《えりもと》を気にしながら、おしゃべりを聞いているのかいないのか、なにもしゃべらずにマンガをめくるだけだ。お母さんが切ってくれたスイカにも手を伸ばさず、カルピスも一口飲んだだけでほったらかしだから、氷が溶けて薄くなってしまった。

みんな、マコトの大好きなお父さんの話をしてるのに。お父さんのタマシイが、今日、ウチに帰ってくるのに。

なんだか、マコト、怒ってるみたいなんだ。


「そろそろ迎え火をたきましょうか」

マコトのお母さんが言った。

おばあちゃんは布団に横になったままだった。昼間は自分でトイレに行けるぐらい元気だったけど、夕方になってから元気がなくなっていた。ママも外に出ると

き、パパに小声で「騒がしくしちゃったから疲れちゃったんじゃない？」と言って、

「もうビールはだめよ」と軽くにらんだ。

迎え火は、焼き物のお皿の上で、麻《あさ》の茎《くき》に火をつける。お皿は「ほうろく」、ワラのような麻の茎は「おがら」と呼ぶんだとパパが教えてくれた。

火がついた。小さな炎がぼうっとあがる。

「ツヨシ」パパが言った。「お盆には亡くなったひとのタマシイが帰ってくるなんて、そんなの迷信だと思うか？」

「うん、まあ……」

「確かに科学的に説明していったら、そんなの『なし』だよなあ」

「だよね……」

「でもな、パパは好きなんだ、一年に一度だけ亡くなったひとが帰ってくる、っていうの。実際には帰ってこなくても、いいじゃないか、生きてるみんなは毎日忙しくて、なかなか亡くなったひとのことを思いだす時間はないけど、たまには……一年に一度ぐらいはいいよな、ゆーっくり、じーっくり、思いだしても」

最初はぼくを見ていたパパの目は、途中からマコトに移った。マコトはしゃがみ

込んで迎え火の炎をじっと見つめている。

「マコトくん」

パパの声に、マコトは炎を見つめたまま、「なに？」と聞き返した。

「今日は、おばあちゃん孝行したんだな」

え——？

ちょっと、ワケわかんない。

マコトは返事をしなかった。でも、ぼくとは違って「ワケわかってる」みたいな雰囲気だった。

パパは笑いながら、ぼくに百円玉を二枚渡した。「マコトくんと『当たり屋』に行ってこいよ」と言って、「お小づかいのことはママにはナイショだぞ」とこっそり付け加えた。


ゆかたにゲタばきのマコトは、『当たり屋』に向かう途中、何度もけつまずいて転びそうになった。

「あわてて歩くからだよ」とぼくが言っても、「よけいなお世話」とそっけなく言い返す。やっぱり機嫌《きげん》が悪い。でも、それ、なにかに腹を立ててるんじゃなくて、もっと寂しそうで、悲しそうで……毎週楽しみにして読んでいたマンガが、いきなり最終回になっちゃったときみたいな……。

「あーあ」

マコトは歩きながら、ため息をついた。「ツヨシのパパって、あんなにおしゃべりだとは思わなかったなあ」——って、パパの悪口？

一瞬ムカッとしたけど、マコトはすぐに「でも、あんなにうれしそうなおばあちゃん見るの、引っ越してきてから初めて」とつづけた。「ツヨシのパパが、お父さんのことをしゃべりまくってくれたおかげだよ」

「でも……マコトやおばさんだって、いつも話してるんだろ？」

「そんなことないよ。おじさんも言ってたでしょ、ふだんはお母さんも忙しいし、おばあちゃんも具合悪いし、思い出話なんてしてるヒマないもん」

それにね、とマコトは付け加えた。

「わたしやお母さんだと、オトナになってからのお父さんしか知らないんだもん。おばあちゃんは、子どもの頃のお父さんの話を聞きたがってたの。だから今日、おじさんに来てもらうことにしたの」

あ、そうか——やっとわかった。

マコトの言うとおり、パパが今日話していた思い出は、ぜんぶ、ヒロカズさんの子ども時代のものだった。おばあちゃんにとって、なによりも懐《なつ》かしい思い出だった。だから、マコトはずっと黙っていたんだ。マコトが話に加わると、懐かしさを半分コにしなきゃいけなくなる。おばあちゃんはヒロカズさんをひとりじめできなくなってしまう。

「おばあちゃん、いつもは二対一で負けてるんだよね。わたしとお母さんがコンビでお父さんのことを懐かしがってると、おばあちゃん、話に入れないの。だってオトナになってからのお父さんのこと知らないんだから」

「うん……」

「だから、たまにはおばあちゃんにも懐かしい思いをさせてあげたいじゃん」

マコトはうつむいて、ぽつりと「おばあちゃんだって、いつ死んじゃうかわかんないんだから……」とつぶやいた。

ぼくはなにも言えない。

「がんばれよ」とか「元気出せよ」って、ちょっと違う。でも、ほかにどう言えばいいのかわからない。

オレってガキだなあ、と思う。小学四年生が子どもなのはあたりまえなんだけど、でも、なんていうか、なんていうか、なんていうか……マコトはぼくの知らない悲しみを知っていて、それはとても大切な悲しみで、でも、できれば味わいたくない悲しみで、だけど、その悲しみを一生味わわずにいられるひとなんて、世界中どこにもいなくて……だから、ぼくもいつか……イヤだけど、いつかは……パパや、ママや、友だちと……。

くちぶえを吹いた。

マコトのまねをしてみた。

悲しいときには、くちぶえ——。

でも、マコトみたいなきれいな音は出ない。かすれて、ふるえて、途切れて、うまくいかない。

「ツヨシって意外と不器用なんだね」

マコトは笑って、お手本を示すように軽くくちぶえを吹いた。『きらきら星』のメロディーだった。ぼくも同じ曲を吹いた。へたくそだけど、マコトと息を合わせて吹いてみた。

『当たり屋』の手前の四つ角で、自転車に乗ったタッチと出くわした。

「あれぇ？　なにやってんの？」

タッチは急ブレーキをかけて自転車を停め、「デート？」と笑いながら言った。

「バ、バカ、違うよ、なに言ってんだよ」

ぼくはあわてて首を横に振ったけど、タッチは「だってゆかたじゃん、マコト。夏のデートはゆかたなんだから」と言う。「ゆかた、かわいーいっ」

マコトは顔を真っ赤にして、「ヘンなこと言うと、こうだよっ！」とゲタを脱いで手に持って、一発なぐるまねをした。

「うわっ、だめっ、やめろよっ、ヤバっ……」

自転車から落っこちそうになったタッチを見て、マコトは、きゃははっ、と笑う。やっと、いつもの番長に戻ってくれた。

ほっとした。でも、安心すると、今度は急にマコトと二人で歩いているのが恥ずかしくなってしまった。

パパにもらった百円玉をタッチに見せた。

「いまから『当たり屋』に行くんだけど、一緒に行く？　十円だけ、おごってやってもいいけど」

「行く行く行くっ、じゃあオレ先に行ってる」

タッチは自転車のペダルを踏《ふ》み込んで、「先に行って、ツヨシとマコトのデートのこと、みんなにしゃべっちゃおーっ」とスピードを上げた。

「あっ、もう、許さないからねっ！」

「ヘンなこと言うなよ、言ったらパンチとキックだからな！」

タッチの自転車はどんどん遠ざかっていく。

ぼくとマコトは「なんだよあいつ」「ひどいよねー」と顔を見合わせて、どちらからともなくクスッと笑った。

ほんとにタッチって、お調子者で、バカなことばかり言って、メーワクなヤツなんだ。

でも、一つだけ、タッチの言葉で正しいものがあった。

ゆかた姿のマコトって、半パンやキュロットのときと違って……なんだか、女の子ーって感じで……けっこう、その、なかなか、かわいかったんだ。

第9話　ジャンボのなやみ

また怒られた。


「四年！　なにやってんだ！」

　五年生と六年生の応援《おうえん》リーダーが、おっかない顔でぼくたちをにらみつける。

　ぼくたち――四年一組は、みんなシュンとして、うなだれた。なかでも応援リーダーのジャンボは特に……っていうか、そもそもジャンボが応援合戦の振り付けを覚えていないせいで、ぼくたちまで一緒に怒られているのだから、そのぶんも責任を感じて、落ち込《こ》んでいるようだ。

「『赤』が優勝できなかったら、四年のせいだからな」

　六年生のリーダー・佐々木くんが言った。ジャンボは隣《となり》で、しょんぼりと肩をすぼめる。四年生の中ではいちばん体の大きなジャンボだけど、六年生と並ぶと、さすがに負ける。「学校でいちばん強いのは、やっぱり六年生なんだよなあ……」と実感するのは、こういうときだ。

「よし、四年生、全員でグラウンド一周だ！　走ってこい！」

佐々木くんは赤組の応援団長なので、命令には逆《さか》らえない。来週の土曜日に開かれるのは、マラソン大会じゃなくて運動会なんだけどなあ……。

ぼくたちの学校の運動会は、赤・白・黄色の三チームで優勝を争う仕組みになっている。一年一組から六年一組まで、各学年の「一組」が赤で、「二組」が白、「三組」が黄色——だから、ぼくたちは赤組だ。

三チームの対抗戦がいちばん盛り上がるのは昼休みのあとにおこなわれる応援合戦で、佐々木くんたち六年生は「絶対優勝！」を合い言葉に振り付けや応援歌のアイデアを練っていた。その応援を指揮するのが、四年生以上の学年から男女一人ずつ選ばれるリーダーなんだ。

「じゃあ、ジャンボくんも責任重大だね」

夕食のとき、ママが言った。

「うん、あいつ、一年生の頃からリーダーにあこがれてたから」

リーダーを決める学級会が始まったら、まだ司会がなにもしゃべってないうちに「オレ、やりまーす！」と立候補した。

「ジャンボくんらしいなあ」とパパは笑った。

ほんとほんと、とぼくも笑い返した。

「女子のリーダーは？」

ママが訊《き》くと、ぼくが答える前に、パパが「マコトくんだろ」と自信たっぷりに言った。「あの子は、いかにも応援リーダーって感じだもんな」

でも、残念ながら不正解。

「そうなのか？」

「だって、応援リーダーは放課後も居残りで練習したりするけど、マコトはそれ、できないから」

学級会でも、マコトを推薦《すいせん》する声は多かった。でも、マコトは迷う間もなく「わたしはできないから」と断った。夕方から仕事に行くお母さんに代わって、おばあちゃんのお世話をしなくちゃいけないから――。

パパはちょっと悲しそうな顔になって、「そうか……」とうなずいた。ママも「お母さん、運動会の日も来られないかもしれないわね」と心配顔で言った。

ぼくはどんな顔をすればいいのかわからなかったから、だまって、ごはんをほおばった。

「オレ、もうリーダーやめちゃいたいよ……」

水曜日、給食の時間に、ジャンボが言った。

「振り付け、全然覚えられないし、せっかく覚えても、すぐに六年生が『こっちのほうがカッコいいだろ』って変えちゃうし……」

ジャンボは力持ちだけど、手先は不器用で、音楽も苦手――よく考えたら、応援リーダーには不向きなタイプだった。

「誰かに代わってもらうことって、できないかなあ」

「だめだよ、いまさら」

ぼくは言った。運動会は三日後に迫《せま》っている。

「でも、このままだと、またみんなでグラウンド一周だぜ」

朝の応援練習でも、ジャンボはミスを連発して、クラス全員で走らされた。

「オレがミスったんだから、オレが罰《ばっ》で走らされるのはいいけど、みんなまで走らなきゃいけないっていうのが……なんか、オレ、みんなに悪くて……」

ジャンボの気持ちはわかる。

連帯責任っていうんだ、これ。

ジャンボがかわいそうだから本人には言わないけど、じつはみんなも走りながら怒っている。

なんでジャンボのためにオレたちが走らなきゃいけないんだ？

振り付けを覚えていないジャンボが悪いのに、なんでオレたちまで怒られるんだ？

ぜんぶ、ジャンボのせいだ。

……って。

「あーあ、昼休みの練習、ユーウツだなあ……」

ジャンボは給食のおかずを残してしまった。入学以来、初めてのことだった。

不安、的中——。

「なにやってるんだよ！　四年、動きがバラバラだろ！」

佐々木くんに怒られた。

でも、確かに佐々木くんの言うとおりだった。ぼくたちはリーダーのジャンボの振り付けをお手本にして体を動かし、そのジャンボが振り付けをちゃんと覚えていないのだから……動きがバラバラになって当然だ。

「グラウンド一周！」

佐々木くんの声が響《ひび》きわたったとき——。

「ちょっと待ってください！」

おツボネさまが手を挙げて、「そんなの、なんの意味があるんですか！」と抗議《こうぎ》した。「グラウンドを走ったって、振り付けは覚えられません！」

勝ち気なおツボネさまは、相手が六年生の男子でもひるまない。

それに——はっきり言って、おツボネさまの言うとおりだ、とぼくも思う。

佐々木くんはムスッとした顔になって、「じゃあ、四年だけ、今日から放課後に居残り特訓だ」と言った。

うげーっ……。

声にならないブーイングが広がっていく。

と――それをはねのけるように、今度はマコトが「ちょっと待ってよ！」と言った。

「わたし、放課後はすぐに帰ります！」

佐々木くんは「勝手なこと言うなよ」と、さらに怒りだした。五年生や六年生からも「ワガママ言うな！」「四年のくせに！」と文句の声が聞こえてきた。

でも、マコトは平気な顔で、それどころか先輩《せんぱい》たちにケンカを売るみたいに「居残り特訓なんて、やーだよ」と言った。

ほんとうは「やりたくない」じゃなくて「できない」のに、事情をちゃんと説明すれば上級生だってわかってくれるはずなのに……それを言わないのが、番長の意地ってやつなんだろうか……。

木曜日、ジャンボはとうとう学校を休んでしまった。応援練習のために早めに起きて朝ごはんを食べていたら、急におなかが痛くなったらしい。

応援リーダーのピンチヒッターは、ぼく——「ツヨシって、なにやらせても覚えが早いし、器用にできるじゃん」とみんなに言われて、しかたなく引き受けた。

でも、実際に応援練習を始めてみると、えーと……なんていうか……こんなの自分で言うのってアレだけど……。

「うまいよ！　おまえ！」

放課後の居残り特訓が終わると、佐々木くんにほめられた。

「腕の動かし方もわかりやすいし、リズムもいいよ」と五年生のリーダーも言ってくれた。

女子のリーダーの評判もバッチリで、六年生のおねえさんなんか、「これで再来《さらい》年《ねん》の応援団長は決まりだね」とまで言い出した。

さらに、佐々木くんは真剣《しんけん》な顔で言った。

「おまえ、明日からもリーダーやれよ。なっ、そのほうがいいよ。昨日までやってたデブちゃんより百倍うまいんだから。よし、決まり、これで優勝間違いなし！」

「いえ、あの、でも……」

ジャンボの顔が浮かんだ。

応援がうまくいかなくて悩《なや》んでいるときの顔じゃなくて、学級会でリーダーに立候補したときの、張り切った顔が――。

「いいな、明日からおまえがリーダーだからな」

佐々木くんは強引に決めて、「しっかりやれよ、優勝がかかってるんだからな」と、ぼくをグッとにらむように見つめた。

思わず目をそらして、うなずいてしまった。

いやです、ぼく、リーダーなんかやりません……とは、言えなかった。

居残り特訓をしたぶん、帰りが遅くなった。しかも、今日は寄り道をして、ジャンボに給食のパンを届けなくちゃいけない。

「ツヨシ、どうするの？　ほんとにジャンボに言うの？　リーダーをクビになった、って」

一緒に付き合ってくれたタッチが心配そうに聞いてきた。

ハマちゃんも横から「それってヤバくない?」と言った。「ジャンボ、ショック受けると思うぜ」

そうだよなあ、とぼくはため息をついた。

「なんで断らなかったんだよ。ツヨシが断ったら、ジャンボもクビにならずにすんだのに」

「……うん」

「あ、でも、ツヨシが断ったらオレやタッチになっちゃうかも」

その可能性は大いにある。タッチやハマちゃんがピンチヒッターになったとしても、きっとジャンボよりはうまくやれるだろう。でも、誰よりもリーダーをやりたがっていたのはジャンボで、あいつ、一学期の頃からすっごく楽しみにしていて……。

「ジャンボとツヨシの友情、こわれちゃうかもな、これで」

タッチは、ぽつりと言った。

胸がどきどきしてきた。

ジャンボは思ったより元気そうだった。お母さんが「今日はお休みします」と学校に電話をしたら、すぐにおなかの痛みは消えてしまったのだという。

「一日休んで元気になったから、だいじょうぶだよ、明日は。応援の練習もばっちりがんばるから」

ガッツポーズをつくって笑うジャンボに、ぼくたちはほんとうのことを話せなかった。

ジャンボの家を出ると、タッチとハマちゃんに「どうするんだよ、あいつ、張り切って明日学校に来ちゃうぜ」と言われた。

だって、しょうがないだろ？

そんなの、言えるわけないじゃないか……。

最後は二人とも、「オレ、知ーらない、あとはツヨシが責任とってなんとかしろよ」と言って家に帰ってしまった。

一人になったぼくは、とぼとぼと夕暮れの町を歩いた。

足は、知らず知らずのうちに、マコトの家に向かっていた。

「どうしたの？　クラい顔して」

玄関に出てきたマコトは、袖《そで》をめくった両手に、洗剤の泡《あわ》をたっぷりつけていた。お風呂掃除《ふろそうじ》の途中だったらしい。

「うん……あの、今日の居残り特訓で、振り付けが変わったから、それ、教えとこうと思って……」

「あ、そう。サンキュー」

軽い口調で答えられたから、逆に、ぼくは、マコトに会いたかったほんとうの理由をますます言えなくなってしまった。

黙り込んでしまったぼくの目の前に、不意にシャボン玉が飛んできた。マコトが、手についた洗剤の泡をフーッと吹いてつくった、小さなシャボン玉だった。

「なにか困ったことがあるの？」

マコトは次々にシャボン玉をつくりながら、言った。

「相談があるんだったら、聞いてあげるよ」

「いや、その、べつに……」

「じゃあ、バイバイ」

「あ、ちょ、ちょっと待って」

あわてて呼び止めると、マコトはいたずらっぽく笑って、「困ってる子を助けてあげるのも、番長の仕事なんだよ」と言った。

ふわっと飛んできたシャボン玉の一つが、目の前で、プツン、とはじけた。


金曜日、予想どおりジャンボは元気いっぱいに学校に来た。

「昼休みの練習、明日が本番なんだから、がんばらなきゃな！」

張り切るジャンボに、タッチやハマちゃんは「そ、そうだな」「うん、がんばらなきゃな」と困った笑顔で答えて、こっそりぼくを振り向いて、どうするんだよ、と目で聞いた。

だいじょうぶ。ぼくは自信たっぷりにうなずいて、指でＯＫマークをつくった。

マコトの作戦がうまくいけば、ジャンボはまた応援リーダーに復帰できるはずだし、おっかない六年生に怒られることもないはずだ。

昼休みにグラウンドに出るとき、マコトに呼び止められた。

「いい？　今日の練習はリハーサルだからね。明日の本番で失敗しないように、タイミングとか、ちゃんと覚えてよ」

「……うん」

「ダッシュが早すぎるとバレちゃうからね。わたしが走りだしたら、いち、にー、さん、でダッシュ」

「ちょっと早すぎない？」

この作戦は、途中でぼくがマコトに追いついてもアウトなんだ。でも、マコトは「追いつけるものなら、やってみれば？」と、からかうように笑う。

ぼくはクラス対抗リレーの選手に惜《お》しいところで選ばれなかったけど、マコトはアンカー。つまり、クラスで一番足が速いってわけで、女子がアンカーをつとめるなんて、学校中で四年一組だけだった。

「だって、番長はスポーツ万能じゃないとカッコ悪いでしょ？」

ふふーん、と胸を張って言うマコトは……悔しいけど、カッコいいよ、うん……。

グラウンドに、赤・白・黄色の三チームがそろった。本番は明日なのに、早くもお互《たが》いにライバル意識むき出しで、ぼくたち赤組チームでも「いいか、白や黄色のヤツらとはしゃべるなよ！」と六年生が下級生に命令している。

そんなピリピリしたムードのなか、赤組チーム、全員集合。みんなと向き合った応援団長の佐々木くんが「よーし、リーダー、前に出てこーい！」と言った。

なにも知らないジャンボが「はいっ！」と元気よく答えて歩きだした、そのとき――。

「あーあ、つまんないのっ」

マコトが大きな声で言った。

作戦、開始だ。

「誰だよ、いま、ヘンなこと言ったヤツ！」と佐々木くんが怒ると、マコトは「だってほんとのことだもん」と言い返して、「帰っちゃおーっ」と、校舎に向かってダッシュ――。

いち、にー、さん、のタイミングで、ぼくも「おい、待てよ！　なにやってんだよ！」とマコトを追ってダッシュした。

逃げるマコト。追いかけるぼく。ボーゼンとして、ぼくたちを見送るだけの六年生……。

マコトのたてた作戦だった。ぼくがいなくなれば、リーダーはジャンボがやるしかない。でも、勝手にいなくなると、ぼくがあとで佐々木くんたちに叱《しか》られてしまう。だから、マコトは自分がわざと悪役になって、ぼくを「練習をサボる同級生を呼び戻しに行ったマジメなヤツ」にしてくれたってわけだ。

走る、走る、走る。五年生や六年生に途中でつかまったら元も子もないから、全力疾走《しっそう》だ。ぼくもお芝居《しばい》がバレないように必死に走る。でも、マコトには全然追いつけない。ほんとうにマコトは足が速い。ふだん以上に速い。体育の授業のとき、あいつ、本気出してなかったんじゃないか……？

校舎の裏のウサギ小屋まで来たら、やっとマコトは走るのをやめた。息もたえだえのぼくを余裕《よゆう》たっぷりに振り向いて、「もうだいじょうぶだね」と笑う。

確かに、上級生が追いかけてくる様子はない。きっと「あんなヤツらほっとけ！」とあきらめ、ジャンボを四年生のリーダーにして応援練習を始めたのだろう。

作戦、成功――。

でも、それは裏返せば、マコトが上級生を怒らせてしまった、ということだった。

「ほんとによかったのかな……」

ぼくは言った。いまになって上級生の仕返しが怖くなってきた。

マコトは平気な顔で「ばっちりじゃん」と言う。

「でも、あとでヤバくない？」

「だいじょうぶだいじょうぶ。あと、明日はもっと本気で追いかけてきてもいいよ」

こっちが必死に走ったことをわかってるくせに、わざと意地悪なことを言う。それがマコトだ。ジャンボとぼくのために自分が悪役になってもかまわない。それがマコトなんだ……。

急に胸が熱くなったから、ぼくはそっぽを向いて言った。

「あのさ、ウチのパパとママからの伝言なんだけど」

「なに？」

「明日の昼休み、もしよかったらウチと一緒にお弁当食べない？　って言ってるんだけど……」

マコトのお母さんは、仕事とおばあちゃんのお世話で、運動会には来られない。マコトはお弁当を一人ぼっちで食べることになる。

男子のぼくが女子のマコトを誘うのってヘンだし、恥ずかしいけど、せっかくの運動会なんだから。お弁当はみんなで食べるほうがおいしいんだから。

でも、マコトはそっけなく「やーだよ」と言った。「わたし、一人で食べるほうが好きだから」

そんなぁ……と振り向くと、マコトは小屋の前にしゃがみこんで、ウサギとにらめっこしていた。

「まあ、でも、おじさんとおばさんに『ありがとうございました』って言っといて」

「……うん」

小屋の中のウサギは、きょとんとした顔でぼくたちを見ていた。

次の日、空は朝から晴れわたって、運動会の開催を知らせる打ち上げ花火の音が、ドーンッ、ドーンッと青空に気持ちよく響く。

「スポーツの前には炭水化物がいいんだぞ、体の中ですぐにエネルギーに変わるからな」

パパがつくってくれた特製メニューの朝ごはんは、おもち入りのうどん――「力うどん」という名前どおり、食べると体に力がみなぎってくるらしい。

運動会ぐらいでそこまで大げさに考えなくてもいいのに……とは思うけど、なにをやるにも張り切りすぎるのが、パパのいいところでもあるし、欠点でもある。

「ツヨシ、お弁当ほんとに二つに分けちゃっていいの？」

ママに聞かれた。小さなお弁当箱二つに分けてもらうように、ゆうべ頼《たの》んでおいた。

「うん。昼休みは前半戦と後半戦にするから。前半戦はパパやママと食べるけど、後半戦は友だちと一緒にどこか別の場所で食べる」

「なんだ、残念だなあ。こういうときのお弁当は、大きな入れ物にドーンと詰め合わせる方がカッコいいんだぞ、ほんとは」

がっかりした顔のパパに、ママは「単純なんだから」と笑った。

「で、ツヨシ、後半戦で一緒に食べる友だちって誰なんだ？」

「……うん、まあ、いろいろ」

「なんだよ、もったいぶらずに教えろよ、パパにも」

「いろいろなんだってば」

「『いろいろクン』っていうあだ名の子、いたっけ？」

「……ごちそうさまーっ、行ってきまーすっ」

あわてて家を飛び出したぼくは、外の通りに出た瞬間《しゅんかん》、両足に急ブレーキをかけて止まった。

ジャンボがいた。

むすっとした顔で「うっす」と言った。

並んで歩きだすと、ジャンボはぽつりと「今日はツヨシがリーダーやれよ」と言った。「昨日みたいなこと、しなくていいから」

背中が、ひやっとした。

バレてた――？

完璧《かんぺき》だと思ってたのに。

「ゆうべ、マコトから電話がかかってきたんだ」

「……え？」

「おまえとマコトのたてた作戦、全部教えてくれた」

なんで――？　せっかくうまくいったのに、なんで、あいつ、自分からバラしちゃうんだ――？

「で、オレに決めろって言ったんだ、マコト。オレがリーダーやりたいんなら今日もダッシュで逃げるから、って」

ジャンボはそう言って、「オレもニブいよなあ、マコトに教えてもらうまで全然わかんなかったんだから」と笑った。

「……ごめん」

「謝ることないって。オレのほうこそ、サンキュー」

そんなこと言われちゃうと、なんだか、照れくさくて……悲しくもなってきた。

「でも、今日はツヨシやれよ。オレはもういいから」

「だって、ジャンボも昨日は調子よかっただろ？」

昼休みのあと、タッチが教えてくれた。木曜日に学校を休んで気分転換したせいだろうか、ジャンボの体の動きは、いままでで一番よかったらしい。佐々木くんも「おまえ、けっこううまくなったなあ」とほめてくれたという。

「今日もその調子でがんばれよ、なっ？　ジャンボはずっと張り切って、がんばってきたんだから」

「オレ、やだよ、そんなの」

ジャンボは足を止めて、じっとぼくを見つめた。怒っているようにも悲しんでいるようにも見える、フクザツな顔をしていた。

「ツヨシのほうがうまいんだから、やっぱりリーダーは交代だよ」

「でも……」

「オレ、来年がんばる」

ジャンボはきっぱりと言った。

ぼくはもうなにも言えない。マコトが作戦をバラした理由が、なんとなくわかって、あいつのいたずらっぽい笑顔も浮かんで……。

「来年はもっとまじめに練習して、絶対にツヨシよりうまくなる」

ジャンボはガッツポーズをつくって、「じゃあな」と一人で走って学校に向かった。

なんだよ、一緒に行けばいいのに……と思ったけど、追いかけるのはやめた。ジャンボが一人で駆《か》けだした理由も、なんとなく、わかったから。

昼休み、両親とお弁当を食べながら、ぼくはちらちらとグラウンドを見回していた。

マコトの姿は見あたらない。あいつ、どこでお弁当食べてるんだろう。みんな家族一緒にいるなか、一人ぼっちだと居場所がないはずだから、たぶん、だーれも行かないような場所にいるはずだ。

お弁当の半分を食べ終えて、後半戦用の弁当箱を手に取った。

「じゃあ、ぼく、行くね」

ママは「これも持って行って、友だちと食べなさい」と、ミカンを二つ渡《わた》してくれた。

パパはにこにこ笑いながら「番長によろしくなっ」と言って、ママに軽くにらまれた。

二人ともわかってたのぉ……？

照れくささに頬《ほお》がカッと熱くなった。でも、まあ、いいや。仕事が忙《いそが》しくて帰りが遅い日のパパは、いつも「一人で晩ごはん食べるのはさびしいなあ」と言ってるし、ママも、ぼくと一緒にお昼ごはんを食べる夏休みには「おしゃべりする相手がいると、食べすぎちゃう」と笑っていた。ごはんは誰かと一緒のほうが、絶対に、ぜーったいに、おいしいんだから。

弁当箱を提《さ》げて、校舎の裏に向かった。

やったね！　予感がばっちり当たった。マコトはウサギ小屋の前で、お弁当を食べていた。

ぼくに気づいたマコトは、いつものようにそっけなく「先生にはナイショだからね」と言った。

よく見ると、ウサギは小屋の中で細く切ったニンジンをカリカリかじっていた。マコトが家から持ってきたんだろう。一緒にお弁当を食べる相手がほしかったんだ、やっぱり……。

「オレもここで食べていい？」

「どーぞ、勝手にすれば？」

「これ、食べる？」

ミカンを差し出すと、マコトは「食べてあげる」と手を伸ばして受け取った。

「応援合戦、オレがリーダーやることになったから」

「ふうん」

「だから……作戦、中止」

「あっ、そ」

ほんとに、こいつ、カワイクないんだから。

でも、マコトと並ぶでも向き合うでもないビミョーな位置で食べたお弁当は、前半戦と同じオカズなのに、さっきよりほんのり甘くて、しょっぱくて……すごく、おいしかったんだ。

第10話　泣きたいときには、くちぶえ

「学校が終わったら、サッカーやろうぜ」

タッチに誘われたけど、「ごめん……」と断った。

「帰りに熊野《くまの》神社に寄って、ドングリ拾わない？」

ジャンボの誘いも、「悪い、オレ、ダメだから」と断った。

学校が終わったらまっすぐ家に帰るよう、ママに言われていた。遊びに出かけるのも禁止。でも、たとえママになにも言われなかったとしても、寄り道をしたり遊んだりする気にはなれなかった。

だって……ワンが、死んじゃうかもしれない。

わが家の愛犬、というより家族の一員のワンは、先週からずっと台所の隅《すみ》で毛布にくるまっている。もう起き上がることはできない。昨日、往診《おうしん》に来た獣医《じゅうい》さん

は、「あと一日か二日でしょう……」と悲しそうな顔で言っていた。

ワンは九月に十四歳の誕生日を迎えた。人間で言うなら、すごいおじいちゃんだ。六月頃から散歩に出かけられなくなり、十月になるとほとんど吠《ほ》えなくなった。パパとママが相談して、庭にある小屋から家の中に移したのは、先週――十一月になって間もなくのことで、「ツヨシ、ワンはもうすぐ天国に行っちゃうよ」とパパが言ったのも、その頃だった。

これは寿命《じゅみょう》なんだから。ワンは長生きしたんだから。生き物はみんな、いつかは死んじゃうんだから、しょうがないんだよ……。

アタマでは納得していても、ココロがおさまらない。

ぼくが生まれる前から、ワンはわが家にいた。ってことは、ぼくはずーっとワンと一緒に毎日を過ごしてきたってわけで、そんなワンがいなくなるなんて……。

泣くしかないじゃないか。

熊野神社に寄り道をするジャンボたちと校門の前で別れて、一人でとぼとぼと帰っていたら、後ろから背中を叩《たた》かれた。

「前向いて歩かないと、車にはねられちゃうよ」

振り向くと、マコトが笑っていた。いつものように、ちょっとスネたような、どーでもいいけどさ、という笑顔だったけど……今日は不思議と胸にジンと染《し》みる。

「ツヨシ、どうしたの？　今日、朝から元気なかったけど」

「……そんなことないよ」

「ウソだね。ずっと、ぼーっとしてたでしょ。窓の外ばっかり見てて、給食も残したし」

びっくりするぐらい、よく見ている。これも番長の仕事だから、なのかな。

「なにかあったの？」

「べつに……」

「もしかして、ガムガム団にいじめられてるとか？」

「そんなのじゃないよ」

「じゃあ、なに？」

こっちの沈《しず》んだ気持ちなんておかまいなしだ。でも、それで逆に少し気が楽になって、学校の友だちにはナイショにしていたワンのことを話した。

すると、マコトは急におっかない顔になって、ぼくの背中に回った。

「ランドセル、貸して」

「え?」

「いいから、早く貸して! あとで家に持って行ってあげるから、ダッシュで帰んなきゃ!」

無理やり、ランドセルを降ろされた。

「ちょっとでも長くワンと一緒にいてあげなきゃ! ほら、早く帰って! ダッシュ!」

あわてて駆《か》けだしてから、思った。

マコトは、いま、お父さんのことを思いだしたんだろうか。あんなにあせって、怒ったように「早く帰って!」って言ったのは、マコト自身の悲しみや、ひょっとしたら後悔から——なんだろうか……。

台所にはパパとママがいた。ママはワンの背中を優しくさすって、パパは、そんなママの肩にそっと手を置いていた。

「ねえ、パパ。会社休んだの?」

「ああ……ワンが天国に旅立つところ、ちゃんと見送ってやらないと……ワンって、ほら、寂《さび》しがり屋の甘えん坊だったからな」

メガネの奥のパパの目は、もう真っ赤になっている。

「ツヨシも背中をさすってあげて。ワン、がんばってるんだから」

ママの声も、涙交じりだった。

ぼくは黙《だま》ってしゃがみこみ、ワンの背中をなでた。昔はフサフサしていた白い毛も、いまはだいぶ抜《ぬ》け落ちてしまった。散歩をすると鎖《くさり》をぐいぐい引っ張っていたたくましい体も、もう、すっかりやせ細って、ひとまわりもふたまわりも縮んでしまったみたいだ。

ワン——。

ぼくのアルバムには、ワンと一緒に写った写真がたくさんある。赤ちゃんのぼくがワンの顔を見て泣いている写真が、いちばん古い。いちばん新しい写真は四年生に進級したときの一枚で、それが最後になってしまうんだろう。

ワン——。

犬なのに寒がりで、雪が降ると小屋の中からちっとも出てこなかった。おみそ汁をかけたごはんが好きだった。『当たり屋』でぼくがお菓子を買ったりクジを引いたりしている間、ガードレールにつながれたまま、おとなしく待っていてくれていた。

死なないでよ、ワン。

もっと……もっと、もっと、もっと、もっと……一緒にいたいよ……。

夕方になって往診に来てくれた獣医さんは、ワンの体温を測り、聴診器《ちょうしんき》で心臓の具合を確かめてから、「しばらく、ここにいます」と言った。それはつまり、ワンが天国に旅立つ瞬間がすぐ目の前まで迫《せま》っているということだった。

お別れだ。

「じゃあ、明日な」とは言えない、永遠のお別れ――ぼくにとっては生まれて初めての体験になる。

パパは吸い飲みの水を、ワンに飲ませようとした。でも、ワンは舌をだらんと垂らしたままで、水は毛布にこぼれてしまった。

ママは背中をさするだけでは気がすまず、泣きながらワンの顔に頬《ほお》ずりをして、

「ありがとう、いままで、ほんとうにありがとう」と繰り返した。

ありがとう――っていい言葉だな、と思った。いつもはフツーにつかってるお礼の言葉だけど、いまは違う。もっと深い。「さよなら」で別れるよりも「ありがとう」で別れるほうが、ワンだって、きっと喜んでくれる。だって、あいつ、頭をなでて「いい子、いい子」してあげたら、いつもしっぽを力いっぱい振っていたんだから。

だから、ぼくも言った。

「ワン、ありがとう……」

背中をさすって、涙をぽろぽろ流しながら、何度も言った。

「ありがとう、ありがとう、ありがとう……」

ワンと出会えたことに、ありがとう。ぼくと遊んでくれたことに、ありがとう。わが家の一員になってくれて、ありがとう。おじいちゃんになるまで長生きしてくれて、ありがとう。そして……とにかく、ぼくと同じ、この世界にいてくれて……ありがとう……。

ワンのしっぽが小さく動いた。風が吹いて毛が揺《ゆ》れただけのようにかすかに、でも確かに、ワンはしっぽを振ってくれた。

それが、ワンからの最後の「ありがとう」だった。

獣医さんは聴診器を耳からはずして、「ワンは元気に天国に向かって走っていったよ」とぼくに言った。


パパとママにあいさつをしてひきあげた獣医さんは、すぐにまた玄関のチャイムを鳴らした。

「外にツヨシくんの友だちが来てるよ」

マコトだった。学校で着ていた服を着替《きが》え、野球帽を深くかぶって、ぼくのランドセルを背負っていた。

ぼくの泣き顔に気づいたマコトは、野球帽のツバをグッと下げて顔を隠《かく》し、「お別れ、ちゃんとできた?」と聞いてきた。

黙ってうなずくと、マコトはツバをさらに下げた。

「じゃ、よかったじゃん」――ジャンパーのポケットに両手を突っ込んで、ちょっと態度悪そうに。

「……ずっと外で待っててくれたの？」

「べつにそんなわけじゃないけど、お医者さんが来てるときにチャイム鳴らすの悪いかな、って」

背中から降ろしたランドセルを差し出すときも、マコトは野球帽のツバで顔を隠したままだった。

マコトにはわかってるんだ。大好きなひとと永遠に会えない悲しみを、マコトは、ちゃんと知ってるんだ。こういうときに目と目が合うとかえって悲しみが増してしまうんだってことも、「かわいそう」とか「元気出して」とか言われちゃうと、よけいつらくなっちゃうってことも……マコトは、ぼくより先輩《せんぱい》なんだな……。


次の日、ぼくは学校を休んだ。「学校の勉強も大事だけど、これはもっと大事なことなんだから」と言ったパパは、自分も会社を休んだ。

ママも「今日は特別だもんね」と、連絡ノートに長い手紙を書いてくれた。

三人でワンを車に乗せて、隣の市のペット霊園に向かった。他のペットと一緒のお墓だったから、ママは「みんなと天国で仲良くするのよ」と泣きながらワンを係員のおじさんに渡して、それで――「さよなら」と「ありがとう」の最後の最後のお別れをした。

帰りの車の中で、パパが話しかけてきた。

「ワンが死んだの、悲しいか?」

「……うん」

「よかったな」

「え?」

「だってそうだろ。ツヨシはワンのことをほんとうに大好きだったから、悲しいんだ。大好きじゃなかったら悲しまずにすむけど、そっちのほうが悲しいじゃないか」

パパの言葉は、難しくて、よくわからなかった。

でも、パパがつづけて言った「ツヨシがワンのことを大好きでいてくれて、うれしいよ」の一言は、すうっと胸に染み渡っていった。

「これからも、たくさん好きな相手ができるといいな、ツヨシ」

「でも……ワンは犬だけど……」

「同じだよ。とにかく、いなくなったら悲しくて泣いちゃうぐらい大好きな相手がいるってのは、幸せなことなんだよ」

パパはそれきり、もうなにも言わなかった。ぼくも黙って、窓の外をぼんやり見つめるだけだった。

やがて、ぼくは居眠《いねむ》りをした。

ワンの出てくる夢を見た。

ワンは元気いっぱいにぼくのまわりを走っていた。

最後にしっぽをクルクルッと振って、遠くに駆けだして、そのまま、消えた。

途中で渋滞《じゅうたい》に巻き込まれたせいで、家の近所まで帰り着いたのは夕方だった。

熊野神社の前を車が通りすぎるとき——境内《けいだい》のカシの木の枝に座っている人影が見えた。

「ちょっと停めて、パパ」

ウチの学校であの高さの枝に登れる女子は、六年生や五年生を入れても、たった一人しかいない。

マコトだ——。うん、間違いない、あの野球帽は昨日マコトがかぶっていたのと同じ色だし。野球帽をかぶってる女子なんて、マコトしかいないし。

車を降りて、境内に駆け込んだ。木の下から「おーい！」と声をかけると、マコトは「さっきから見てたよ」と笑って、昨日と同じように野球帽のツバを下げた。

「マコト、降りてこいよ」

「やーだね」

「なんでだよお……」

昨日のお礼を言いたかった。でも、マコトもそれをわかっているから、降りてこないのだろう。

「ツヨシ、これ、貸してあげる」

野球帽を脱いで、下に放った。ふらふらと揺れながら落ちる野球帽を両手で捕《と》ると、マコトは「かぶってれば？」と言って、「泣いてるところ、女子に見られたくないでしょ？」と笑った。

ぼくは黙って野球帽をかぶろうとして——ツバの裏に書いてある字に気づいた。

〈泣きたいときには、くちぶえ！〉

マコトは遠くの町並みを眺《なが》めたまま、「これ、お母さんのお下がりの野球帽なの。お父さんが死んだあと、お母さん、ずうっとこれをかぶってたの」と言った。

くちぶえを吹くと、涙が止まる——そういえば五月か六月にそんなこと言ってたな、マコト。

「ほんとだよ」とマコトは言って、お手本を示すようにくちぶえを吹きはじめた。『今日の日はさようなら』のメロディーだった。

ぼくも野球帽をかぶって、くちぶえを吹いた。口をとがらせて大きな音が出るようにがんばって吹くと、ほんとうだ、目からあふれそうだった涙が止まった。

ぼくたちのくちぶえは、音が重なったり離れたりしながら、いつまでも、夕暮れの空に響いていた。

第11話　クリスマスの奇跡

クリスマス会を明日にひかえて、教室にはイヤ〜なウワサが流れていた。

ほんとうは年に一度のサイコーに楽しい一日のはずなのに、あいつらのせいで、盛り上がっていた気分がいっぺんにしぼんでしまった。

あいつら——言うまでもなく、あの、ガムガム団。

「四年生だって、やっぱり」

タッチが声をひそめて言った。

「まいったなあ……まただよ」

ジャンボが、大きな体をしょぼしょぼさせる。

あいつらの、いつもの作戦だ。五年生なら負けるかもしれないし、三年生までの低学年はすぐに親や先生に言いつけるから——ぼくたち四年生をねらう。

しかも、クリスマスだ。その日は全学年の全クラスで、学級会の時間にクリスマス会が開かれる。百円以内というルール付きだけど、プレゼント交換もある。プレゼントをもらって、放課後はウキウキしながら帰る。ガムガム団は、その帰り道にプレゼントを奪《うば》ってしまう計画を立てているらしい。

ねらいをつけた子のあとをそっとつけたり、先回りして待ち伏《ぶ》せしたりして、ひとけのない場所に来たら、いきなり――ほんとにサイテーのヤツらだ。

「先生に相談しようよ、そのほうがいいよ」

家が遠くて一人で歩く時間が長いノグちゃんは、早くも半べそをかいている。

確かに、先生に話すのがいちばんいい。それはもう、どう考えたって、大正解だ。でも、そういうのって、なんとなく恥ずかしい。三年生の頃はそんなのちっとも思わなかったのに、四年生になると、自分の力でなんとかしたくなる。

だって、ガムガム団なんて、同じ六年生の中では相手にされていないような弱っちいヤツらなのに……悔しいじゃないか。それに、先生に言いつけたりすると、あいつらのことだから、あとでどんな復讐《ふくしゅう》をしてくるかわからない。特に、クリスマス会のあとはすぐに冬休みだ。学校がないぶん、あいつら、いつ、どこで復讐してくるかわからない。学校の外だと、先生もお父さんやお母さんもいない。それを思うと、やっぱり、怖い。

ハマちゃんが言った。

「あ、でも、四年生っていっても、ウチのクラスとはかぎらないよな。二組や三組のヤツらがやられるんだったら、オレらは関係ないし」

あまりにもセコい言葉に、「ちょっと、それって……」とあきれた。

と、そのとき――輪ゴムが飛んできて、ハマちゃんのおでこにビシッと当たった。

「そういう考えって、ガムガム団とたいして変わらないよ」

少し離れた席から言うのは――マコト。最近、指で輪ゴムを飛ばす練習をつづけているだけあって、コントロールはさすがにバツグンだ。

「ちぇっ、マコトはいいよなあ、ガムガム団も怖がって手出ししないから」

口をとがらせて言うトモノリに、みんなも、ほんとほんと、とうらやましそうにうなずいた。

タッチが「いいこと思いついた！」と声を張り上げた。

「マコトが一緒にいれば安全なんだよ。だから、みんなで集団下校して、マコトに最後まで付き添《そ》ってもらえばいいじゃん」

おおーっ、それいいっ、賛成っ、とみんなもうなずいた。「ちょっと待てよ、全員の家を回ってたら、最後、真っ暗になっちゃうだろ」とぼくがあわてて言っても、だれも聞いていない。

「ツヨシ、ちょっとどいて」

マコトの声に思わず体を引くと、ぼくの目の前を輪ゴムが五連発で飛んでいって、ビシッ、ビシッ、ビシッ、ビシッ、ビシッと、男子五人のおでこにぜんぶ命中した。

「ツヨシの言うとおりでしょ、ちょっとは考えろっ」

「ひえええーっ」

「それに、わたし、明日は学校休むから」

タッチやジャンボは「えええーっ?」「なんでーっ?」とびっくりしていたけど、ぼくはママから聞いて知っている。

明日、先週から病院に入っているおばあちゃんが、手術を受ける。マコトもお母さんと一緒に付き添わないといけない。手術は、うまくいけば午前中で終わるけど、長引くと夕方までかかるのだという。

「番長は用心棒じゃないんだからね。ガムガム団ぐらい自分でやっつけろ」

ぷん、とそっぽを向く。

最近いつもだ。機嫌《きげん》が悪い。すぐに怒る。男子が番長に甘えてるときには、特に。

それって、おばあちゃんの具合が悪いことと関係あるんだろうか……。


ガムガム団のことがなくても、ぼくは、今年のクリスマス会、それほど楽しみにしているわけじゃなかった。

マコトが学校に来ないことを知る前は、逆だ。すごく、すごく、すごーく、楽しみにしていた。プレゼント交換で、マコトの買ったプレゼントがぼくの手元に来て、ぼくの買ったプレゼントがマコトに当たったらいいな、と思っていた。プレゼントだって、ちゃーんとマコトにぴったりのものを選んで買っておいた。

クラス全員でプレゼントをぐるぐる回して、中山先生が「はい、ストップ！」と言ったときに手元にあるものを受け取るルールだから、ぼくの夢がかなうのなんて、奇跡《きせき》みたいなものだけど……クリスマスには奇跡がつきものなんだし。

でも、もう、その夢も消えた。

マコトが自分で「休む」と言ったわけだから、もう、決まり、なんだろう。

家に帰って自分の部屋に入ると、そんな夢を思い描いていたことが急に恥ずかしくなってしまった。マコトなんてどうでもいいや、あんな怒りんぼで乱暴者の番長なんて、いらない、いらない、いーらないっ、と蛍光灯《けいこうとう》の紐《ひも》にパンチした。


クリスマス会のプレゼントは中山先生が配った袋に入れる。そうすれば、誰の買ったプレゼントが誰に当たったのかわからない。

プレゼントを開けるのも家に帰ってからというルールだったけど、タッチやジャンボは放課後になるとさっそく袋を開けて大騒ぎした。空気で跳《は》ねるカエルの人形や、メンコや、ビニール風船や、ビーズ玉や、折り紙……みんな『当たり屋』でフツーに買えるものなのに、誰かからもらったというだけで、すごく大切にしたくなるのって、なぜだろう。

でも、ぼくには関係ない。おもしろくもなんともない。こんなにつまらないクリスマス会なんて初めてだ。タッチやジャンボたちはガムガム団対策で五、六人ずつグループになって帰るんだと言っていたけど、なんだか面倒になって、「オレ、いいよ、一人で帰るから」と校門の前で別れた。

おまけに家に帰る途中、袋を開けてみると――中に入っていたのは、ゴムでできた小さなヘビだった。サイテーのサイテーのサイテー。どうせ男子の誰かが女子を泣かせようと思って選んだんだろう。

がっかりしてとぼとぼと歩いていたら、「なんだよ、紙風船かよ」とつまらなそうに言う声が聞こえた。土管が何本も転がっているので『土管公園』と呼んでいる空き地から――だった。

「他のエモノ探そうぜ、早くしないと四年生、みんな家に帰っちゃうぞ」「でも、その前に、このつまんない紙風船、破いちゃおうぜ」「おっ、それいいねえ」

ガムガム団だ。

誰がやられてるんだ――?

「やめてよ、返してよお、やだよお、返してってばっ」

半べその声が聞こえる。男子だ。

ぼくは土管の陰に回り込んで、そーっと空き地の様子を覗《のぞ》いた。

四年三組の男子だ。名前は、たしか、えーと……まだ一度も同じクラスになったことのないヤツだから、よくわからない。

関係ない、かもしれない。

三組とはサッカーの場所取りで、このまえケンカになったばかりだし。

「なんだよおまえ、男子のくせに紙風船なんか好きなのか?」「どうせいらないいんだろ? こんなもの」「オレたちさまさまが親切に捨ててやるんだよ」

「やめてよ、返してよお……プレゼントなんだから、返して……返して……」

泣きだしてしまった。

それを見た瞬間、ぼくは土管の陰から飛び出していた。

クラスなんて関係ない。名前を知らなくたってかまわない。プレゼントはうれしいんだ。どんなものだってうれしいんだ。

行けーっ、ツヨシ!

遠くからマコトの声が聞こえた、ような気がした。

「やめろーっ!」

ダッシュして、ガムガム団と三組の男子の間に割って入った。

でも、ガムガム団の三人は一瞬びっくりしただけで、すぐにぼくを取り囲んだ。

「おまえも四年生だな」「飛んで火にいる夏の虫って知ってるか？　オレ、六年だから知ってんだぞ」「おまえもプレゼント出せよ、そうしたらパンチは許してやるから」

怖い。やっぱり六年生って、体もデカい。

「よお、早くプレゼント出せよ」

真ん中にいた戸山くんが、ほらほら、と手を出した。

右隣の榎本くんも、左隣の黒田くんも、にやにや笑いながら詰め寄ってくる。

まともに戦っても勝ち目はない。

と、その瞬間——ひらめいた。

「……わかりました」

素直にうなずいたぼくに、ガムガム団は拍子抜《ひょうしぬ》けしたように笑って、「じゃあ早く出せよ」と言った。

まだ笑ってる。スキがある。油断してる。

よし――。

ぼくはプレゼントの袋にゆっくりと手を入れて、素早く出した。

ゴムのヘビを、三人に放った。

「うぎゃっ！」「ひゃあああっ！」「うわっ、うわっ、うわわわっ！」

三人は顔の前で手をばたつかせながらあとずさった。

いまだ――。

ぼくは三組の子の手をつかんで、「逃げよう！」と駆《か》けだした。

ガムガム団が追いかけてくる。

「待て！」「てめえ！」「ぶっころす！」

最初はじゅうぶんだと思っていた距離が、どんどん縮まってくる。

ヤバい。作戦、失敗かも……と思ったぼくの目に、道路からジャンプして空き地に飛び込んでくる人影《ひとかげ》が映った。

一輪車――。

「ツヨシ、あっちに行ってて」

マコトだ！　マコトが来てくれた！

ガムガム団も予想外のマコトの登場に、三人そろって急ブレーキをかけるように止まった。ヒュン、ヒュン、ヒュン、とマコトは三連発で輪ゴムを飛ばす。ビシッ、ビシッ、ビシッと、輪ゴムはみごとに三人の鼻の頭に当たった。

「うぎゃっ!」「撃たれた!」「死ぬっ!」

六年生のくせに、なんて大げさでおくびょうなヤツらなんだ……。

ひるんだ三人の間を、マコトは一輪車で切り裂《さ》いていく。ぶつかるぎりぎりで迫《せま》ってきたりと、するっとかわしたり、いきなりバックでUターンしたり、ぴたっと止まったり、するっとかわしたり、いきなりバックで迫ってきたりと、舗装《ほそう》していないデコボコの地面なのに、マコトの一輪車はまるで体の一部のように自由自在に走り回る。しかも、一輪車を漕《こ》ぎながら、マコトは輪ゴムを両手で伸ばして、次々にぶつけていく。ほっぺに当てても目には当てないカミワザに、ガムガム団のヤツらは、反撃するどころか、一輪車と輪ゴムから逃げまどうのがせいいっぱいだった。

やがて三人は「ばかやろーっ」「四年のくせにーっ」「女子のくせにーっ」とサイテーな捨て台詞《ぜりふ》を残して、空き地から逃げ出していった。

マコトは、その背中を「あっかんべえ」で見送って、ぼくを振り向いた。

「がんばったじゃない、ツヨシ」

「そんなことないよ……」

結局、最後はマコトに助けてもらった。番長がいなければ、いまごろガムガム団に泣かされていたかもしれない。

でも、マコトは笑って言った。

「最初に会ったときとは大違いだもん、すごいよ、ツヨシ」

言われて思いだした。『当たり屋』の隣の空き地で、二年生の子がガムガム団にいじめられているのを、ぼくは見て見ぬふりをして立ち去ろうとしたんだ。

いま思うと、あのときの自分が、すごく恥ずかしい。

ってことは、ぼく……ちょっとは勇気を持てるようになったのかな……。


マコトが飛ばした輪ゴムを、三人で拾い集めた。三組の子はオノくんという名前だった。ちょっと泣き虫だけど、いいヤツそうだ。今度から友だちになれるかも。

地面に落ちた輪ゴムは、ふだんの黄土色のじゃなくて、赤や白や緑の色がついた、ちょっと高いやつだった。

「パトロールしてた甲斐《かい》があったね」

マコトはうれしそうに笑った。家に帰ってから一輪車で学校に行って、中山先生にプレゼントをもらってきたところだった。ガムガム団の話を思いだして、あいつらがいそうな空き地や露地《ろじ》を回っていたら、ぼくたちを見つけたんだという。

ほら、やっぱり番長はみんなを守ってくれてるんじゃないか。

なんだか背中がくすぐったくなって、「中山先生のプレゼントってなんだったの？」と訊《き》いてみた。

「違う違う、先生のプレゼントじゃないよ。四年一組の誰かがくれたのを先生に預かってもらってたの」

マコトはそう言って、拾い集めた輪ゴムを両手に載《の》せて、「これだったの」と言った。「カラー輪ゴムなんて、サイコーのプレゼントが当たっちゃった」

その言葉を聞いた瞬間、ぼくの口はぽかんと開いた。

なぜって――カラー輪ゴムは、ぼくが『当たり屋』で買ったプレゼントだったんだから……。

「そうなの？　すごーい、ツヨシのプレゼントがわたしに当たったんだあ」

声をはずませたマコトは、「ツヨシはどんなのが当たったの？」と訊いた。

ぼくはさっき拾ってポケットに入れておいたゴムのヘビをマコトに見せた。

「もらったときはサイテーだと思ってたけど、このおかげでガムガム団から逃げ出せたんだから、やっぱり、サイコーのプレゼントだった」

すると――。

マコトはムスッとした顔で「ちょっとなによ、サイテーって」と言った。

「え？」

「このヘビ、わたしが買ったの！　悪かったわね、サイテーで！」

ってことは……。

マコトも怒ったあとでふと気づいた。

「ね、ツヨシ、わたしたちのプレゼントって……」

「うん、そうなんだ……」

「これって、すごい偶然っていうか……」

「奇跡だよ、奇跡」

クリスマスには、やっぱり奇跡は起きるんだ――。

「それにしてもさー、なによ輪ゴムって、わたしがもらってあげたからいいけど、他の子だったら欲しがらないよ」

「なに言ってんだよ、ヘビだって誰もいらないって」

「いいじゃない、おもしろくて」

「輪ゴムだって役に立つんだよ、台所で」

ぼくたちはどちらからともなく、プッと噴《ふ》き出した。

あとは、二人で笑い合った。

オノくんが「どうしたの？　二人とも、なんでそんなにおかしいわけ？」ときょとんとするのをよそに、ぼくたちはおなかを抱《かか》え、涙まで浮かべて、笑いつづけた。

第12話　ガムガム団との最後のたたかい

最初は、聞きまちがいだと思った。でも、マコトは「聞こえなかった？」と同じ言葉をもう一度くりかえした。

今度は、ぼくをびっくりさせようとして、ウソをついてるんだと思った。だって、マコトは一輪車に乗ってスーパーマーケットに買い物に行く途中だったんだ。ぼくは自転車でジャンボの家に遊びに行くところだった。たまたま道路で出くわして、そのまますれ違おうとしたら、マコトはぼくの前で一輪車をピタッと止めて、「ツヨシにいいこと教えてあげよっか」――そんなノリでしゃべった一言なんだから、ウソや冗談としか思えないじゃないか。

でも、マコトは「ほんとだよ」と言って、さっきと同じ言葉をまたくりかえした。

「わたし、転校するから」

聞きまちがいじゃない。ウソでもない。マコトは、三学期が終わると、ぼくたちの前からいなくなってしまう。

「びっくりした？」

「……あたりまえだろ」

「でも、ほんとだから」

マコトは念を押して、「じゃあね」と一輪車をこいで走り去ってしまった。

ぼくは自転車を止めたまま、ボーゼンとマコトを見送った。

マコトは一輪車のスピードをぐんぐん上げて、ぼくを振り向くことはなかった。代わりに、くちぶえが聞こえた。ぼくたちの学校の校歌のメロディーだった。


ジャンボの家には、タッチやハマちゃんも集まっていた。みんなでゲームをしながら、おしゃべりの話題は自然と、四月のクラス替えのことになった。

いまは一月の終わり――あと二カ月で、四年生が終わる。五年生に進級するときにクラス替えがあるので、ぼくたちが同級生でいられるのもあとちょっとだ。

「四人そろって同じクラスって、やっぱ、無理だよなあ……」

ジャンボが言うと、ハマちゃんも「四年一組、最強だったのになあ」と寂しそうにうなずいた。

「でも、クラス違ってても、オレたちずっと友だちだよな！」

タッチがガッツポーズをつくって、ぼくの肩をポンとたたいた。

「なっ？　ツヨシ」

「……うん」

しょんぼりとうなずくぼくを見て、タッチは「なんだよ、ツヨシ、もう落ち込《こ》んでんのかぁ？」と笑った。「だいじょうぶだいじょうぶ、授業中は別のクラスでも、休み時間に廊下《ろうか》に出たら、いつでも遊べるんだから」

「……うん」

「どうしたんだよ、ツヨシ、さっきから元気ないなあ」

元気なんて出るわけない。頭の中はマコトのことでいっぱいだ。

タッチたちには、まだ転校の話はしていない。べつに「ナイショだよ」とマコトに言われたわけじゃなかったけど、友だちにしゃべると、転校のことが「ほんとにほんとの、ほんとのこと」になってしまいそうな気がして……。

みんなのおしゃべりは、今度は「女子の誰と同じクラスになりたいか」になった。

「オレ、マコトは同じクラスでもいいかなあ」とジャンボが言った。

タッチやハマちゃんも、うんうん、とうなずいた。

「あいつがいるとスポーツ大会とか優勝しそうだし」「オレたちが六年生にいじめられても助けてくれそうだし」「コワそうな先生が担任になっても、マコトがいたらだいじょうぶだよな」……。

みんなの話を聞いてると、急に胸が熱くなって、泣きそうになってしまった。


晩ごはんのときにマコトの転校のことを話すと、パパとママは顔を見合わせて、二人そろってため息をついた。

「ごめんなツヨシ、それ、パパ知ってたんだ」「ママも知ってたの。でも、ツヨシがかわいそうだから、言うきっかけがなくて」

なに、それ。

どうして……?

パパが事情を説明してくれた。

心の片隅《かたすみ》で予感していたとおり、おばあちゃんの病気のためだった。もう自宅でお世話をすることは難しいし、大学病院に通うのも大変だ。それで、四月からは大学病院のある大きな市に引っ越すことに決めたのだという。

「おばあさんは一人で施設に入るって言ったらしいんだけど、マコトくんが、どうしてもおばあさんのそばにいたいんだって言い張ったらしいんだ」

パパはそう言って、「マコトくんは、ツヨシたちより一足早くオトナになってるのかもしれないなあ……」と付け加えた。

二月になっても、まだクラスにはマコトの転校の話は広まっていない。知っているのはぼく一人きり、というわけだ。

マコトに口止めされたわけでもないし、「みんなにも言っといてよ」と頼まれたわけでもない。ほんとうに、あの日たまたま道ですれ違って、ついでだからって感じで打ち明けられて……ぼくはどうすればいいんだろう……。

しかも、そんなぼくをさらに悩《なや》ませるウワサ話が流れてきた。

六年生のいじめっ子トリオ・黒田くん、戸山くん、榎本《えのもと》くんのガムガム団が、卒業を前に、マコトに仕返しをしようとたくらんでいる——らしい。

「いまは最上級生だけど、四月から中学に入ると一年生で下っぱになっちゃうだろ。だから、いまのうちに思いっきりいばりたいんだよ、あいつら」

六年生におねえちゃんがいるヒロスケが教えてくれた。

確かに、クリスマス会の日にマコトにやっつけられたあとはしばらくおとなしかったガムガム団が、三学期になるとまた下級生をいじめるようになっていた。二年生や三年生の子が泣きながら「マコトくんに言いつけるよ!」と言っても、へへーん、と笑うだけなのだという。

ほんとにサイテーの六年生だ。

「ツヨシ、どうする? ガムガム団のこと、マコトに教えてやったほうがいいかなあ」

「……オレが話すよ、マコトに」

「一人で?」

「うん、一人で話すから」

ガムガム団のことだけじゃなくて、一度マコトとゆっくり話したかった。転校するんなら『お別れ会』も開かなきゃいけないし、寄せ書きの色紙をみんなに回す時間もいるし……いや、そんなことより、ぼくは、やっぱり……あいつに転校してほしくないから……。

学校が終わると、ぼくはダッシュで教室を出て、全力疾走《しっそう》で熊野《くまの》神社に向かった。

マコトは帰り道にいつも、神社の境内《けいだい》をつっきっている。小さなお社《やしろ》の陰《かげ》に隠れて、どきどきしながらマコトが来るのを待っていたら——意外な声が聞こえてきた。

「ここでいいだろ、だれもこないし」「泣いたらすぐにスパイカメラで写真撮《と》れよ。現像したのを学校の掲示板《けいじばん》に貼《は》るからな」「四年生のくせに生意気なこと言ってる罰《ばつ》だよ」「オンナのくせに生意気なんだよ」……。

ガムガム団だ。あいつら、今日、マコトに仕返しするつもりだ。

「おおーっ、戸山、すげえの持ってんじゃん」と黒田くんの声が聞こえた。そーっと覗《のぞ》いてみたら、戸山くんはオモチャのピストルを持ってきていた。黒田くんの手にも、子ども用のプラスチックのバットが握《にぎ》られている。そして、榎本くんが「これ、ムチに使えるんじゃないか?」と笑いながらランドセルから取り出したのは、なわとびのなわだった。

四月から中学生になるとは思えないガキっぽさだけど、たとえオモチャとはいえ、武器は武器だ。

ひきょうじゃないか！

もしも、万が一、マコトがケガしちゃったら、おまえら、どうするつもりなんだ！

頭にカーッと血がのぼって、思わずお社の陰から飛び出してしまった。

ガムガム団がいっせいに振り向いて、「おまえ、このまえの四年生だな」「マコトと同じクラスだろ、たしか」「なんか文句あんのかよ」と、ランドセルを背負ったまま、ぼくに近づいてきた。

逃げろ――と、頭の奥で、ぼくがぼくに言う。

早く「ごめんなさい」って謝るんだ――と、おくびょうなぼくが、ふるえながらぼくに言う。

でも、そんな声を振り払って、頭じゃなくて胸の奥から、別の声が聞こえた。

負けるな、ツヨシ――！

ぼくの声だ。

がんばれ、ツヨシ——！

マコトの声も交じっていた。

ワンワンワンッ——！

天国でぼくを見守っていてくれるはずのワンも、励ますように力強く吠《ほ》えていた。

「おい、こいつ人質《ひとじち》にしたらいいんじゃないか？」「おっ、それナイスアイデア！」

「オトコのくせにオンナの人質になるのって、カッコ悪ーい、へへっ」

六年生のくせに四年生を三人がかりで、しかも武器まで使って、おまけに人質作戦までとるなんて、おまえらのほうが、絶対に、絶対に、ぜーったいにカッコ悪い！

ぼくは体をグッと沈《しず》めて、真ん中の黒田くんに体当たりした。

黒田くんは意外とあっけなく地面に倒れて、でもぼくも一緒に倒れ込んでしまって、そこに戸山くんと榎本くんが「こいつ！」「やっちゃえ！」と襲《おそ》いかかってきて、ぼくも負けずに両手を振り回した。

パンチは何発も命中した。

でも、向こうのほうが体も大きいし、なにしろ人数が違う。背中に回った榎本くんと戸山くんに両手を抱《だ》きかかえられると、身動きがとれなくなった。

そこに黒田くんが、プラスチックのバットをかまえて、「頭をなぐったらヤバいから、腰、一発なぐってやろうか」と言った。

思わず目をつぶった、そのときだった。

「いてっ!」「なっ、なにするんだよ!」「やめろよ、バカ!」

三人の怒鳴《どな》り声とともに、ぼくの両手は自由になった。

あわてて目を開けると――マコトがいた。


マコトの動きはすばやかった。ぼくをやっつけるのに夢中になった三人のスキをついて、榎本くんが地面に放《ほう》り投げていたなわとびのなわを三人のランドセルのフタとカバンの間にスルスルッと通して、結んだのだ。

三人はランドセルを真ん中に、おしくらまんじゅうの格好になった。肩から下ろそうにもお互《たが》いのランドセルが邪魔《じゃま》になって身動きがとれず、あせっているうちに、三人まとめて転んでしまった。

マコトはそこに、松ぼっくりをぶつける。「ツヨシ、もっと拾ってきて！」——境内には松の木がたくさん生えているので『松ぼっくり爆弾《ばくだん》』ならいくらでもあるし、三人は地面に転がったまま逃げることもできない。

「いたたたっ！」「やめろっ！」「ごめん！　ごめんなさいっ！」「オレが悪かった！」「許してくださーいっ！」

ガムガム団、全面降伏《こうふく》——。

やっとのことでランドセルを肩から下ろして、なわをほどくと、三人はわれさきに逃げだした。

その背中に「ざまーみろ！」とあっかんべえをぶつけたマコトは、ぼくを振り向いて、「ケンカ、負けそうだったね」と笑った。

「……うん」

「でも、あいつらに立ち向かうなんてカッコいいじゃん」

そんなことない。もしもマコトが助けてくれなかったら、いまごろは泣かされていたはずだ。

でも、マコトはぼくの気持ちを見抜《みぬ》いたみたいに、「ツヨシはもうだいじょうぶだよ」と笑いながら言った。「番長がいなくても、一人で戦えるんだから」

「……うん」

「じゃあね」

歩きだしたマコトを「ちょっと待って！」と呼び止めた。

マコトは笑顔のまま、こっちを向いた。

「マコト……転校するな！」

返事はなかった。

マコトは一瞬だけ泣きだしそうな顔をして、でもなにも言わずに、駆《か》けだしてしまった。

第13話 思い出は、ここにあるから

なんであんなことを言っちゃったんだろう……。

二月のカレンダーをにらむように見つめながら、ぼくは何度もため息をついた。

今日は二月十二日——あと一カ月ちょっとで、マコトは転校してしまう。マコトと一緒に過ごせる時間は、カウントダウンのように一日ずつ減っていく。

でも、ぼくとマコトは口をきいていない。一週間前——ガムガム団をやっつけたあと、マコトに「転校するな！」と言った。その日以来、ずっと。

あんなこと言わなければよかった。

マコトが一瞬浮かべた泣きだしそうな顔が、いまも頭の中から離れない。

あんなこと言わなければよかった。

教室でマコトの顔をちらっと見かけただけで、胸がドキドキして、頬《ほお》が熱くなって、うつむいたり、そっぽを向いたり、廊下《ろうか》に駆け出したりしてしまう。

あんなこと言わなければよかった。

庭に出て、ワンの犬小屋を見つめた。ワンはもういなくなったのに、からっぽの犬小屋の前に立つと、どこからかワンの鳴き声が聞こえてくるような気がする。

犬小屋の前にしゃがみこんだ。また、ため息をついた。

「どうしたの？　ツヨシ」

ママに声をかけられた。

「……なんでもない」

ぼくは薄暗い犬小屋の中をじっと見つめたままだった。振り向いてママの顔を見たら——なんだか、泣きだしてしまいそうだったから。

「最近、元気ないけど」

「……そんなことないって」

「ワンのこと思いだしてるの？」

「うん……まあ……」

ママはクスッと笑って、「犬小屋もそろそろ処分しないとね」と言った。

「捨てちゃうの？」

びっくりして、思わず振り向いた。

ママは笑顔のまま、「だって、いつまでも庭にあってもしょうがないでしょ？」と言った。「ワンだって、天国でおうちがないと困ってるかもしれないし」

「それはそうだけど……」

急に悲しくなってしまった。ママがそんなことを言い出すのって意外だった。ママはぼくが学校に行っている間もずっとワンと一緒にいて、家族の中でいちばんワンのことをかわいがっていて……なのに、ママは、もう、ワンのこと忘れてしまったんだろうか……。


その日の晩ごはんのときも、ママは「ね、そろそろ犬小屋を片づけようよ」とパパに言った。

パパはちょっと驚いた顔になって「いいのか？」と聞き返した。「べつにじゃまになるわけでもないんだから、そんなに早く片づけなくてもいいんじゃないのか?」――そうそう、そうなんだよ、ぼくもパパに大賛成。

でも、ママは「あなたは洗濯物を干したりしないからわからないのよ。あそこにあると、けっこうじゃまなのよ」と言う。「今度から、もうちょっと家事も手伝ってちょうだい」

「じゃあ、場所をちょっと動かそうか」

パパは食い下がったけど、ママは「どこにあってもじゃまなの」とすまし顔で首を横に振る。パパもそれ以上はなにも言えずに、ぼくと目を見合わせて、「ま、しようがないかな」と肩をすくめるだけだった。

どうしたんだろう。ママは急に冷たくなった。庭の隅に犬小屋が置いてあるだけなのに。この犬小屋を処分してしまったら、わが家からワンの思い出はなくなってしまうのに……。

「それとね」ママはつづけて、ぼくに言った。「明日は、ママ、夕方は家にいないから。自分で玄関の鍵《かぎ》開けて入ってね」

「どこに行くの?」

「ひ、み、つ」

ママはいたずらっぽく言って、ふふっ、と笑った。パパも今度は、あ、そうかそうか、というふうに笑ってうなずいた。パパとママは知っていて、ぼくだけ知らない話——なんだろうか。

また急に悲しくなった。今度は、悲しさだけじゃなくて悔しさも。

「もういいよっ、ごちそうさまっ」

大好物のスコッチエッグ、ほんとうはお代わりしたかったけど、一秒でも早く自分の部屋に入りたい。サイテーだ、パパもママも。

でも——。

自分の部屋に入って、机の上に飾ってある指人形の『ケンスケくん』を見ていたら、またマコトのことを思いだしてしまう。

あんなこと、ほんとうの、ほんとうに、言わなければよかった。

次の日も、マコトに話しかけることはできなかった。マコトのほうも、わざわざぼくに声をかけたり、こっちを見たりしなかった。友だちといつもどおりにおしゃべりして、いつもどおりに笑って、いたずらをするジャンボやタッチにいつもどおり輪ゴムをぶつけて……。

みんな知らないんだ、なにも。マコトはまだ、転校のことをぼく以外の誰にも話していない。

最初は、ほんのちょっとだけ、それがうれしかった。ヒミツを知っているのはぼくだけだ、なんて。

でも、いまは違う。マコトがクラスでぼくにだけ転校の話を打ち明けたってことは、ほかの友だちより早く「バイバイ」を言いたかったってわけで、それって、誰よりも先にぼくとお別れしたいってことでもあって……つまり、マコトはぼくのことなんて大嫌いで……だからさっさと「バイバイ」しちゃって、ほかの友だちとは一日でも長く友だちでいたいから、まだなにも打ち明けてないのかもしれない。

胸がドキドキする。緊張するドキドキよりも、もっと痛い。ズキズキ、だ。

べつにいいけど。そんなの、べつにいいけど。ぼくだってマコトのこと、なんとも思ってないし。あいつ乱暴だし、そっけないし。そうだよ、転校したての頃はもっと無愛想で、「友だちなんていらない」みたいな態度だったのに、なんだよあいつ、みんなと笑っちゃって、楽しそうで、チョンマゲをさわらせたりして……。

昼休みが終わって教室に入るとき、外に出ようとしたマコトとドアの前でぶつかりそうになった。

もちろん――ぼくは、無視。そっぽを向いてマコトの横をすり抜けようとしたら、「ちょっと」と呼び止められた。しかたなく立ち止まって、しかたなく振り向いて、しかたなく「なんだよ」と言った。

「ツヨシ、このまえからなに怒ってんの？」

頬がカッと熱くなった。あわてて目をそらして、「べつにぃ」と言った。

「怒ってるじゃない、やっぱり」

「怒ってないよ」

「怒ってるっ」

「怒ってないっ……そんなこと言うんだったら、マコトだって……」

「わたしがどうかした？」

「……どうもしてないけど」

そうなんだ。マコトはずーっと、いつものマコトで、クラスのみんなもずーっと、いつものみんなで、ぼくだけ、ぼく一人だけ、面白くなくて、つまらなくて、イライラして、機嫌が悪くて……悲しくて、寂しくて……。

目をそらしたままなにも言えなくなったぼくに、マコトは、ヒューウッとくちぶえを鳴らした。「ま、いいけどね」と軽く笑って、歩きだして、それっきりだった。

その日、ママは日が暮れても帰ってこなかった。

ぼくは宿題を終えると庭に出た。テレビもマンガも、つまらない。なにをやってもつまらない。ワンの小屋の前にしゃがみこんで、ヒュウッ、ヒュウッ、とくちぶえを吹いた。そうでなくてもくちぶえはヘタなのに、特に調子が悪い。すぐにかすれて、しぼんでしまう。

だめだよ、ツヨシ、もっと勢いよく吹かないと——。

マコトの声がよみがえる。

ワンワンワンワンッ、とワンも思い出の中で励ますように吠《ほ》えた。

パパが会社から帰ってきた。家の中に戻ろうかと思ったけど、なんだかそれも面倒くさくて、しゃがんだままでいたら、パパはガレージから直接庭に回って、「やっぱり、ここにいたのか」と笑った。

「ママ、まだ帰ってこないんだよね……なにやってんだろう」

「いろいろ忙しいんだよ、今日は」

パパはやっぱり、ママの外出の理由を知ってるんだ。

それを訊《き》く前に、パパはぼくと並んでワンの小屋の前にしゃがみこんで、「ワンが死んでいちばん悲しかったのはママなんだよ」と言った。「パパやツヨシはときどき散歩に連れて行くだけだったけど、ママはずーっと、ワンが子犬だった頃からおじいちゃんになるまで、いちばんそばにいたんだもんな」

「でも……犬小屋、もういらないって」

「うん、言ってたなあ」

「ほんとうにワンのことが好きだったら、そんなこと言わないんじゃないの？　犬小屋がなくなったら、ワンのことも思いだせなくなっちゃうじゃない」

パパはうなずきながら笑って、「でもな」と言った。「犬小屋がどんどん汚れて、ボロボロになっていくのを見るのって、つらいだろ」

「それは、まあ……そうだけど……」

「たとえ犬小屋がなくなっても、ワンのことはいつでも思いだせるんだ。ママも、パパも、ツヨシも」

だってそうだろう、とパパは人差し指で犬小屋を指して、それからその指を自分の胸にぴたっと当てた。

「思い出っていうのは、ここにあるんだ。犬小屋がなくなっても、この家からいつか引っ越しちゃっても、ワンはずっと、みんなのここにいるんだよ」

ツン、ツン、ツン、と人差し指で自分の胸をつついて、「ママはそれをツヨシに教えたかったんじゃないのかな」と笑う。

そして、もっとにっこり笑って、もう一言――。

「ワンのことだけじゃなくて、さ」

思わず「え?」と聞き返したぼくに、パパはつづけて言った。

「パパはヒロカズにはもう会えないけど、あいつは、ずーっと、ここにいるんだ。パパの胸の中で、わんぱくな子どもの頃のまま、笑ってる」

「うん……」

「マコトくんだって同じだよ。ここにいるんだ、これからも、ずーっと」

パパに胸を軽くつつかれて、たまらなく恥ずかしくなって、ダッシュで家の中に戻ったとき、ママが帰ってきた。

「ごめんねえ、すぐに晩ごはんにするから、二人とも手伝ってちょうだい」

ばたばたとキッチンに向かうママの体からは、いつものお化粧とは違う、甘いチョコの香りが漂《ただよ》っていた。


翌日——二月十四日。

教室では、女子がキャアキャアキャア騒いでいた。

「ツヨシ、知ってる？ 今日なんの日か」

ジャンボに訊かれて思いだした。二月十四日は、バレンタインデー——女のひとが好きな男のひとにチョコを贈《おく》る日だ。

「でも、それ、オトナの話だろ？ オレらには関係ないよ」

「と、思うだろ」

ジャンボはニヤッと笑って、小声で教えてくれた。おツボネさまが、クラスでただ一人、チョコを持ってきてるんだって。音楽の橋本先生にプレゼントするんだって。「あいつ、すげーよなあ、アッツアッツだよなあ」とジャンボは自分がもらうわけでもないのにコーフンしてる。女子が騒いでいるのも、おツボネさまの恋の行《ゆく》方《え》が気になるから、みたいだ。

「どうなると思う？　片思いのまま失恋しちゃうのかなあ、それとも両思いになっちゃうのかなあ」

「さあ……どうでもいいよ、そんなの」

おツボネさまには悪いけど、ほんとうに、そんなの、どうでもよかった。

今日がバレンタインデーだと知ってから、ぼくの頭の中はマコトのことでいっぱいになってしまった。

もらえるわけない。っていうか、最初からほしいとも思ってない。でも、どうしても「もらって！」って言うんなら、それはまあ……特別にもらってやらないこともないけど……。

なんだか、最近のぼく、ちょっとヒネクレ者になってしまったみたいだ。

その日もやっぱり、マコトと口をきくチャンスはなかった。また一日、貴重な残り時間が減ってしまった。このまま最後の最後まで、マコトと話さないまま、なんだろうか。

重い足取りで家に帰ると、ガレージにパパの車が停まっていた。会社、早退《はやび》けしたんだろうか。

庭からパパとママの話し声がする。トンカチで釘《くぎ》を打つ音も聞こえて、ペンキのにおいも漂ってきた。なんなんだろう、と玄関から庭に回ると、パパとママは大工仕事をしていた。つくっているのは――小さな白いベンチ。

「ワンの犬小屋を分解して、組み立て直したんだ」

白いペンキで顔を汚したパパがうれしそうに言った。

「誰が捨てるって言ったの？　こうすれば、ずっと大事に使えるでしょ」

トンカチ片手のママは、もっとうれしそうに言った。

「まあ、アレだ……思い出は胸の中にずっとあるけど、やっぱりモノもちょっと残ってたほうがいいもんな」

パパは昨日の言葉をビミョーに訂正《ていせい》して、照れくさそうに笑う。

なんなのそれ、とガックリした。昨日のパパの言葉、けっこうカッコいいと思ってたのに。

でも――古い犬小屋が白いベンチになるのって、けっこういいな。胸の中にしまっておいた思い出が、なつかしさを残したまま、生まれ変わるのも、いいかも。

「ぼくも手伝おうか?」と二人に声をかけたとき、玄関のチャイムが鳴った。

「ツヨシ、出てくれ」とパパが言って、「たぶんツヨシのお客さんだから」とママが付け加えて、二人は顔を見合わせて笑う。また、ぼくにだけヒミツの話なんだろうか。仲が良すぎるパパとママってのも、一人息子としてはちょっと困るんだけどな……。

しかたなく玄関に出ると――マコトがいた。

「これ、たくさんつくって余ったから、あげる」

「……なに?」

「チョコだよっ、見ればわかるでしょっ」

ほんとうだ。小さな箱に、おだんごみたいなチョコが、どてっと入っていた。

「ツヨシのおばさんに教えてもらったの、手作りなんだからね、オリジナルなんだからね、すっごく時間かかって大変だったんだからねっ」

マコトは怒ったように言って、「じゃあねっ」と外に駆け出して、停めてあった一輪車に飛び乗って――コケた。

学校で誰よりも一輪車を漕《こ》ぐのが得意なマコトが、転ぶなんて。

これって、やっぱり……。

胸がドキドキしてきた。いままでのドキドキとは違う。もっと熱くて、もっとはずむようで、でも逆に、もっとギュッと締めつけられるようで……。

マコトは一輪車を起こすと、ぼくを振り向いて、「たまには失敗するの、わたしだって」と笑った。コケたおかげで緊張がほぐれたみたいだ。ぼくのほうも素直に「ありがとう」と言えた。

「あ、でも、誤解しないでよ、これ、お父さんのためにつくったチョコのあまりだからね、ほんと、あまったから、特別に分けてあげただけなんだからねっ」

「うん……でも、ありがとう」

「食べたあとは歯磨きしないと、虫歯になっちゃうからね、あと、ごはんの前に食べるとおなかいっぱいになっちゃうし、食べすぎると鼻血も出ちゃうかもしれないし……」

思いっきり口うるさく言って、マコトは走り去ってしまった。今度はもうコケなかった。遠ざかる背中とチョンマゲは、いままでぼくが見たなかで、いちばん……なんていうか、その、だから……かわいく見えたんだ。

パパやママはまだ庭で仲良くベンチをつくっている。

ぼくは自分の部屋で、チョコを箱から取り出して、しばらくじっと見つめた。真ん丸にするはずだったのに、ゆがんじゃったんだな。意外と不器用なんだな、マコトって。来年から家庭科の授業が始まるけど、あいつ、だいじょうぶなのかな。

口を大きく開けて、パクッと食べた。甘さとほろ苦さが口いっぱいに広がった。

箱の中――チョコの下にメモがあった。

〈お父さんにつくったチョコのあまりだからね！〉

しつこいなあ、心配性なんだなあ、番長のくせに。

でも、メモの隅っこにはハートマークがあった。

桜の花びらのようなハートマークを見ながら、もぐもぐと口を動かしていると、ぼくの胸の中にもピンク色の桜がふわっと咲いたような気がした。

これって、ふつうは書かない……よな、うん。どうでもいいけど。ほんと、どうでもいいんだけど……オトナになったら、マコトとケッコンしてあげてもいいかな、うん、特別に……っていうか、いまのウソ、ウソ、ウソ……。

大きな桜の花びらが、ホッペにぺたっと貼《は》りついた。

最終話 さらば、くちぶえ番長

「みんなに話しておくことがあります」

『終わりの会』のあと、担任の中山先生が言った。教室は「なに?」「どうしたの?」とざわついたけど、ぼくは黙《だま》ってうつむいた。

三月――。

先生はさっきからマコトをちらちら見ていたから、「みんなに話しておくこと」とは、きっと、転校の話なんだろう。

一月の終わりにそれを知ってからずっと、万が一の奇跡《きせき》が起きてマコトの転校が中止になるように、祈っていた。

でも、もうだめだ。先生が発表するってことは、マコトの転校は「決定」で、奇跡は起きなかったわけで……一週間後の終業式を最後に、マコトはぼくたちの前からいなくなってしまう……。

「せっかく仲良しになったのに残念ですが、川村真琴さんが、おうちの都合で、四月から別の学校に通うことになりました」

教室は、しーんとなった。

「終業式のあと、川村さんの『お別れ会』をやりたいと思います。クラス委員のひと、いいですか?」

返事はなかった。三学期のクラス委員は、ジャンボだ。

「いいですか?」

先生にうながされて、ジャンボは「……はーい」と細い声で答えた。大きな体が急にしぼんで、泣きだしそうな顔になっていた。

でも、それ、みんな同じだ。タッチもハマちゃんも、他の男子も、それから女子も……みーんな、しょんぼりしていた。平気な顔なのは、当のマコトだけ。

「ま、どーせ四月はクラス替《が》えだからね」

マコトがチョンマゲを揺《ゆ》らして笑いながら言っても、笑い返す子は誰もいなかった。

その日の帰り道、熊野《くまの》神社の境内《けいだい》をとぼとぼ歩いていたら、カシの木の上から、ヒュウッ、と音が聞こえた。

くちぶえ——？

びっくりして見上げると、枝に腰かけたマコトが笑っていた。

「ツヨシ、登ってくれば？」

「そんな高いところ、無理だよ」

マコトが座っているのは、下から数えて八番目——何年か前の六年生が登ったきりの枝だった。いまの六年生に、そこまで登れる子はいない。もちろん、五年生や四年生にも。

でも、マコトはその上——学校の新記録になる九番目の枝を見上げて、「あそこまで登ってから転校したかったんだけどなあ……」と悔しそうに言った。「あそこからなら海が見えるって、お父さんの作文に書いてあったんだ」

「ヒロカズさんの？」

「そう。六年生のときにツヨシのパパと二人で登ったんだって。でも、腰かけようとしたら、神社の神主《かんぬし》さんに見つかって……だから、新記録にならなかったの」

そんなことがあったなんて、ぼくはなにも知らなかった。

なんだか、悔しくて、悲しくなってしまった。

次の日から、休み時間のマコトは急に忙しくなった。

転校の話を知った他のクラスの子が、次々に教室を訪ねてきたからだ。四年生だけじゃなくて、三年生、二年生、一年生……中には、五年生や六年生の女子もいた。

みんな、マコトにお礼を言っていた。マコトは「そんなことあったっけ？」「忘れちゃった」とクールに言うんだけど、通学路にいたカラスを追い払ってくれたお礼、転んで泣いているところを励《はげ》ましてもらったお礼、ガムガム団から助けてもらったお礼、泥《どろ》をはねあげた自動車を追いかけて文句を言ってくれたお礼……。

ひっきりなしに廊下《ろうか》に呼び出されるマコトを見ていると、正直に言って、ちょっとさびしい。

残りわずかな日々を、もっとゆっくり過ごしたいのに。

マコトともっともっと、いろんな話をしたいのに。

ジャンボやタッチは、『お別れ会』の相談を理由にして、しょっちゅうマコトに話しかけている。マコトはいつものように「あっ、そう」とか「ふーん」しか答えないけど、ジャンボもタッチも、とてもうれしそうだ。

ぼくも、そうしたいのに。

マコトに話しかけたいことは、いくらでもあるのに……。


サイン色紙が回ってきた。明日の『お別れ会』でマコトに渡すプレゼントだった。

「ほんとはもっとハデなプレゼントにしたかったんだけど、あいつ、そんなのいらない、って」

残念そうに言ったジャンボは、ぼくの肩を小突《こづ》いてつづけた。

「ツヨシ、おまえからなにか言ってやれよ。おまえの言うことだったらマコトも聞くと思うし」

でも、ぼくは首を横に振った。

「なんでだよお」

「だって……本人がそれでいいって言ってるんだから」

ジャンボはムッとした顔で「おまえ、そんなに冷たいヤツだったわけ?」と言った。

わからない。自分でも。

「最近、ツヨシ、機嫌《きげん》悪くない？」

わからないんだ、ぼくにだって。

「ま……いいや。色紙、ツヨシが最後だから、早く書いてくれよ」

ジャンボが怒って立ち去ったあと、色紙をぼんやり見つめた。

クラス全員、メッセージを書いている。六月にガムガム団をやっつけたときの思い出を書いた子が、何人もいた。五月の遠足でバスを降りて歩いたことを書いた子や、運動会の応援のことを書いた子もいる。海水浴場でおぼれかけたことを書いたのは、ハマちゃんだった。おツボネさまも、意外なメッセージを書いていた。〈あんたとはイロイロあったけど、元気でね。いつかまた会おうね〉――なんだよぉ、おツボネさま……いいヤツじゃん、ほんとは……。

そういうのが、ぜんぶうれしくて。でも、同じくらい、さびしくて、悔しくて。

ぼくはサインペンを手に取って、色紙に書いた。

〈バイバイ〉

それだけ。うん……書いたのは、それだけ、だったんだ……。

その夜、夕食のとき、ジャンボから電話がかかってきた。

「大変だよ、ツヨシ！」

明日の終業式、マコトは学校に来ないんだという。

「いまオレんちに電話がかかってきて……みんなとお別れするの、照れくさいからイヤなんだって。どうする？　どうすればいい？」

「わかんないよ……オレに言われたって……」

電話を切って食卓《しょくたく》に戻ったら、胸が熱いものでいっぱいになった。

「どうしたの？　ツヨシ」

ママに聞かれて「……なんでもない」と答えると、それがきっかけになって、頬《ほお》を涙がぽろぽろとこぼれ落ちた。

「お、おい、なに泣いてるんだ」

パパが驚《おどろ》いて、ママも「おなかでも痛いの？」と心配そうに聞いてきた。二人の声がとても優しくて、いないはずのワンが散歩をせがむときの「クゥ～ン」という声まで聞こえてきたような気がして……ぼくは泣きじゃくりながら、ぜんぶ打ち明けた。

すると――。

パパはぼくの頭をなでながら、「よしっ」と笑って言った。

「明日、最後の大イベントをやっちゃおう!」

「……え?」

「準備はパパにまかせろ。で、おまえは今夜は早く寝て、寝る前に腕立《うでた》て伏《ふ》せ三十回やって」

「腕立て伏せ、って?」

パパは「いいからいいから」とVサインをつくり、ママに「熊野神社の電話番号、町内会の名簿《めいぼ》に出てるよな」と言った。

ジャンボが言っていたとおり、終業式にマコトの姿はなかった。

『お別れ会』も中止。最後のお別れができなくなったクラスのみんなは、なんともいえないさびしそうな顔だった。通知票の成績や四月のクラス替えのドキドキも忘れて、みんな、マコトのことばかり考えてるんだ。

だから、『終わりの会』のあと、ぼくは立ち上がって言った。

「熊野神社までダッシュだ！」

そこにはパパがいる。マコトも一緒にいるはずだ。頼むよ、パパ、ちゃんとマコトを説得して、連れてきてよ……。

「どうしたんだ？」「熊野神社でなにがあるわけ？」と、きょとんとした顔のみんなに、さらに大きな声を張り上げた。

「新記録に挑戦なんだ！　マコトが挑戦するんだ！」

いままで登れなかったカシの木の、あの枝に――マコトが登る。

「みんなで応援に行こう！」

静まりかえった教室に、次の瞬間、歓声《かんせい》が響きわたった。

熊野神社に駆けつけたぼくたちを見て、マコトは「みんなヒマなんだね」と照れくさそうに、でもうれしそうに笑った。

パパは熊野神社の神主さんと並んで立って、心配顔の神主さんに「だいじょうぶ、あの子なら登れますよ」と、きっぱりと言った。

マコトは「じゃあ……やるね」とカシの木を登りはじめた。

いつもの枝までは、あっというまだった。でも、新記録の枝を見上げると、さすがのマコトも、一瞬ひるんだように目をそらした。

すると、パパは両手をメガホンにして、「つま先を上げて幹にひっかけてから、手を伸ばすんだ!」と言った。「おじさんとヒロカズもそうやって登ったんだ!」

マコトは、こくん、とうなずいた。目に力が戻った。そして、幹に左手で抱きついて、右足を上げてつま先をひっかけて、えいっ、と背伸びをするように勢いをつけて右手を伸ばした。指先が枝にかかった。

いいぞ! グッと体を引き上げた。

いいぞ! 鉄棒につかまる感じで、体がググーッと上がって……ついに、登った!

新記録の枝に腰かけたマコトは、気持ちよさそうにくちぶえを吹いた。『今日の日はさようなら』だ。

ぼくたちも、誰からともなく同じ歌を歌いはじめた。

いつまでもたえることなく、友だちでいよう――って。

ジャンボやタッチは泣きながら歌ってた。おとなしい高野さんも歌ってた。おツボネさままで、ちょっと怒った顔で歌ってた。

パパはぼくに言った。

「ツヨシも登っちゃえ」

「え？」

「登って、これを渡してくれ」

差し出されたのは、二つの指人形だった。『ケンスケくん』と『ヒロカズくん』と同じようにペアになった、『マコトくん』と『ツヨシくん』だった。

パパは「ゆうべ徹夜《てつや》してつくったんだぞ」と、目をしょぼつかせて笑った。

ぼくはそれを受け取って、「行ってくる」とカシの木の幹に両手をかけた。新記録の枝まで登れるかどうかわからないけど……登ってみせる。がんばる。

マコトもぼくを見下ろして「がんばれーっ！」と言ってくれた。

みんなは『今日の日はさようなら』を歌いつづける。ぼくは木を登る。ちょっとずつ、ちょっとずつ、登っていく。

「ツヨシ、がんばれ！」

マコトが言った。チョンマゲが、こっちこっち、と手招《てまね》くみたいに揺れていた。手が痛い。足も疲れた。高さが増すにつれて、どんどん怖くなってきた。でも、負けない。がんばる。登りつづける。マコトがいるんだから。マコトに指人形を渡して、色紙のことを謝って、「さよなら」を言わなくちゃいけないんだから……。

登りきった。マコトと同じ枝に、並んで座った。

海が見えた。パパとヒロカズさんが見たのと同じ海を、いま、ぼくとマコトもいっしょに見てるんだ。

マコトは海を見つめたまま、「元気でね」と言った。

「……新しい学校でも、番長になるの？」

「もちろん」と笑ったマコトは、ぼくを見て、「でも、転校してもツヨシのことは、大、大、大好きだからね」と言った。

ぼくだって、マコトのこと……だから、つまり、その、なんていうか……。

「オレも、好きだから」

ぼそっと言うと、頬が真っ赤になってしまった。照れ隠しにくちぶえを吹いた。

マコトみたいにうまくないけど、『今日の日はさようなら』をせいいっぱい吹いた。

マコトは「サンキュー」と笑って、『マコトくん』と『ツヨシくん』を並べて枝に置いた。

ぼくたちと同じように、二つの人形も海を見つめた。

いつまでも。

いつまでも。

ずうっと、いつまでも……。

エピローグ

マコトとは、それきり会うことはなかった。

引っ越してしばらくたった頃――たしか五月だったと思う、あいつはちっとも手紙をくれないから、こっちからハガキを出してみた。「夏休みには泊まりに来てください」と書いたあと、一人で顔を赤くして「……とパパもママも言ってます」と付け加えた。

でも、そのハガキ、ポストに投函《とうかん》した三日後に「転居先不明」のスタンプを捺《お》されて戻ってきた。

引っ越してすぐにおばあさんの病気が重くなって、また別の町の病院に移ったらしい――と病院に電話をかけて調べてくれた父も、マコトたちが引っ越した先の住所は知らなかった。

マコトとぼくをつなぐ糸は、そこで切れてしまった。

おじさんになったいまでも、切れたままだ。

ぼくの手元に残っているのは、指人形の『マコトくん』と、マコトと一緒に過ごした小学四年生の一年間の思い出だけだ。

マコトはどうなっちゃったんだろう。あの頃は心配でしかたなかった。悲しい思いをたくさんしているんじゃないか、野球帽を深くかぶって、くちぶえを一人で吹いてるんじゃないか……そんなことばかり考えていた。

おとなになってからも、マコトのことを思いだすたびに、胸がキュッと締《し》めつけられた。マコトの話をきみたちに読んでもらおうと決めたのは三日前のことで、そのときだって、ぼくは「マコト、幸せな人生を歩んでるといいけどなあ……」と祈っていたのだ。

でも、『ひみつノート』を笑ったり照れたりしながら書き直しているうちに、考えが変わった。

だいじょうぶ。マコトはきっと、サイコーに幸せに生きている。たとえ悲しいことがあっても、マコトは負けない。おとなになってからはすっかりごぶさたのジャンボやタッチに訊《き》いても、きっと同じように言うだろう。

あいつは、ぼくたちの番長だったんだから。

番長ってのは、ちょっとやそっとの悲しみに、くじけたり、へこたれたりはしない――そうだろう？　マコト。

すっかり古びた『マコトくん』を小指にはめて、「なっ？」と訊いてみた。小指を振ると、『マコトくん』も「あったりまえでしょ！」と笑ってくれた。

マコトは『ツヨシくん』をいまでも持っているのだろうか。

ぼくが作家になったことを知っているのかな。知らないかな、やっぱり。でも、ぼくは想像する。

ある日、おばさんになったマコトがふらっと本屋さんに入るのだ。たまたま本の並んだ棚に目をやって、『くちぶえ番長』というタイトルの小さな本を見つけて、「なんだか懐《なつ》かしいタイトルだなあ」なんて思いながらページをぱらぱらめくって……昔の自分に再会するのだ。

その瞬間を思い浮かべるだけで、胸がドキドキして、ワクワクする。

でも、でも、作家というヤツは、放《ほう》っておくとどんどん想像の翼を広げて遠くまでいってしまう。

ぼくはいま、こんなことも思っているのだ。

マコトって、ほんとうはおばさんになんかなっていないのかもしれない。

あいつは、ずーっと小学四年生のままなのかもしれない。

……笑わないでほしい。

ぼくは心の片隅《かたすみ》で、意外とそれも「あり」だぞ、と真剣に思っているのだ。


いよいよお別れのときがやってきた。

思い出話に付き合ってくれてありがとう。

ぼくたちの過ごした小学四年生の日々が、まさかなにかのお手本や教訓になるとは思わないけれど、ほんのちょっとでも気に入ってもらえたら、とてもうれしい。

そしてきみが、勇気が欲しいとき、元気が足りないとき、悲しみを吹き飛ばすくちぶえがうまく吹けないとき、「マコトみたいな友だちがほしいな」「マコトみたいになりたいな」と思ってくれるなら……なあ、やっぱり、マコトはおばさんになるんじゃなくて小学四年生のままのほうがいいだろ？

きみたちのクラスに、くちぶえのうまい女の子はいないだろうか。

弱いものいじめが大嫌いで、ぶっきらぼうだけど優しい、そんな女の子が夕陽を見つめて一人でくちぶえを吹いていたら——。

きっと、その子がマコトだよ。

この作品は、二〇〇五年四月から二〇〇六年三月にわたって雑誌『小学四年生』に連載されたものに、書き下ろしを加えた、文庫オリジナル作品です。

JASRAC 出0706779-132

くちぶえ番《ばん》長《ちよう》

新潮文庫 し-43-10

平成十九年七月一日発行
令和三年十月二十五日三十二刷

著者 重《しげ》松《まつ》清《きよし》

発行者 佐藤隆信
発行所 株式会社新潮社
郵便番号 一六二―八七一一
東京都新宿区矢来町七一
電話 編集部(〇三)三二六六―五四四〇
読者係(〇三)三二六六―五一一一
http://www.shinchosha.co.jp

価格はカバーに表示してあります。

乱丁・落丁本は、ご面倒ですが小社読者係宛ご送付ください。送料小社負担にてお取替えいたします。

印刷・錦明印刷株式会社 製本・錦明印刷株式会社

ISBN978-4-10-134920-6 C0193